KB050843

그대, 아버지라는 이름으로

아버지가 되어서야
아버지를 추억하는
다섯 남자의 이야기

그대, 아버지라는 이름으로

아버지가 되어서야 아버지를 추억하는 다섯 남자의 이야기

초 판 1쇄 2024년 03월 14일

지은이 소울, 최영신, 유상원, 우형택, 박병욱
펴낸이 류종렬

펴낸곳 미다스북스
본부장 임종익
편집장 이다경
책임진행 김가영, 윤가희, 이예나, 안채원, 김요섭, 임인영, 권유정

등록 2001년 3월 21일 제2001-000040호
주소 서울시 마포구 양화로 133 서교타워 711호
전화 02) 322-7802~3
팩스 02) 6007-1845
블로그 http://blog.naver.com/midasbooks
전자주소 midasbooks@hanmail.net
페이스북 https://www.facebook.com/midasbooks425
인스타그램 https://www.instagram/midasbooks

© 소울, 최영신, 유상원, 우형택, 박병욱, 미다스북스 2024, *Printed in Korea*.

ISBN 979-11-6910-545-3 03810

값 19,000원

※ 파본은 본사나 구입하신 서점에서 교환해드립니다.
※ 이 책에 실린 모든 콘텐츠는 미다스북스가 저작권자와의 계약에 따라 발행한 것이므로 인용하시거나 참고하실
   경우 반드시 본사의 허락을 받으셔야 합니다.

미다스북스는 다음세대에게 필요한 지혜와 교양을 생각합니다.

그대, 아버지라는 이름으로

아버지가 되어서야
아버지를 추억하는
다섯 남자의 이야기

우희경 기획
소울 최영신 유상원 우형택 박병욱 지음

미다스북스

강인함과 루틴의 왕이었던 아버지

1. 아들아, 이불부터 개라   015

2. 아들이 다쳤다   022

3. 들어주는 것은 힘이 세다   028

4. 아버지의 흙투성이 손   036

5. 당신에게 주고 싶은 선물   044

6. 이제 집짓기를 시작하고 싶습니다   050

7. 행복을 만드는 루틴법칙   058

8. 아버지의 이름에서 가족이라는 이름으로   064

두 번 째
최 영 신

천하무적 슈퍼맨이었던 아버지

1. 우리 아버지는 슈퍼맨입니다   073

2. 평범함이 기적임을 깨닫다   079

3. 애증 관계에서 '증'이 많았던 부자 사이   084

4. 집 나간 아버지, 살기 위해 노력한 가족   089

5. 가장이라는 무게를 견디다   094

6. 어른이 되어 본 남자의 삶   100

7. 책임감, 내가 물려받은 유산   105

8. 아버지라는 이름으로   111

세 번 째
유 상 원

철부지였지만 여렸던 아버지

1. 가족이냐 담배냐 그것이 문제로다   121

2. 당신에게도 아버지가 계셨더라면   126

3. 축구가 당신에게 주는 의미   132

4. 그때 왜 그랬을까?   138

5. 아버지를 다시 봤던 날   142

6. 타고난 성격을 어쩔 수 없다   147

7. 가장이 되어 본 남자의 삶   152

8. 내가 되고 싶은 아버지란?   157

무에서 유를 창조한 아버지

1. 한평생 멋지게 살겠다는 아버지의 꿈   165

2. 9평짜리 단칸방에 살아야 했던 마음   171

3. 도전하고 깨지는 것이 삶이라지만   177

4. 무에서 유를 창조한다는 것의 의미   181

5. 주도적인 삶을 살기 바라는 아버지의 마음   187

6. 산전수전을 묵묵히 견디시다   193

7. 홀로서기를 하라고 했던 당신의 마음   199

8. 아버지, 나, 그리고 나의 아들에게   205

헌신과 봉사의 신이었던 아버지

1. 짧은 시간 아버지와의 만남과 이별   215

2. 가족을 위해 헌신한다는 것   221

3. 아버지의 파란만장한 군 생활   226

4. 도와주는 마음, 베푸는 정성   233

5. 죽는 날까지 봉사를 하셔야 했던 당신   237

6. 다른 세상에서 아버지를 말하는 사람들   242

7. 당신을 통해 내가 봤던 것   246

8. 존경하는 나의 아버지에게   250

에필로그   254

프롤로그

"아버지, 나의 아버지."

아버지는 나에게 어떤 의미일까? 든든한 버팀목이자 정신적 지주, 어쩌면 내 삶을 지탱해 주는 고목 같은 존재가 아닐까. 못난 자식은 마흔쯤 되어 깨닫는다. '20대 중반 젊은 나이에 아버지가 된 나의 아버지는 지금의 70대 노인이 될 때까지 얼마나 많은 것을 혼자 끙끙 앓고 이겨내셨을까.'

가난하고 힘든 시절이었지만 아버지는 '가장'이라는 무거운 왕관의 무게를 이기며 가족 부양이라는 큰 책임을 완수하셨다. 하루 종일 생계를 위해 일하면서도, 지친 몸을 이끌고 집으로 돌아와 아이들을 위해 사랑과 추억을 듬뿍 선물하셨다. 동네 바닷가에 놀러 가서 게나 작은 소라를 잡고 놀기. 하하 호호 웃으며 더운 여름 집 앞 평상에서 아이스크림 하나씩 까먹었던 추억 만들기. 밤하늘을 바라보며 별자리 이야기해 주기. 지금은 한 편의 흑백 영화처럼 떠오르는 장면이긴 하지만, 그때의 추억은 아직 생생하다.

철없던 아이가 성년이 되고, 또 한 아이의 부모가 되면서 아버지를 떠올리지 않은 사람이 어디 있을까? 부모가 되면 유독 아버지의 축 처진 어깨와 쭈글쭈글해진 얼굴을 보며 더 가슴이 아리다. 그럼에도 "아버지 항상 감사해요."라는 말을 꺼내기가 쑥스럽기만 하다.

한 아이의 부모가 되어 본 아버지는 한마디로 '위대한 사람'이었다. 아이라는 생명체를 인간답게 키우는 일이 그리 쉬운 일이 아님을 알았기 때문이다. 그러면서도 생계와 가족의 부양을 위해 이리 뛰고, 저리 뛰면서 고군분투했을 테니. 아버지 당신의 삶은 어떨지 모르겠지만, 자식이 되어 아버지의 고생스러움을 생각하면 그저 가슴 한편이 짠하기만 하다.

어느 날, 무라카미 하루키의 『고양이를 버리다』를 읽으며 순간 '영감' 하나가 떠올랐다. 그가 전하는 아버지와의 일화를 보며 우리 아버지들의 이야기를 전해보고 싶은 마음이 파도처럼 일렁거렸다. 내 주변 사람들은 아버지를 어떻게 바라보고 있을까? 동시대에 살았지만 각기 다른 환경에서 아버지 역할을 하며 보낸 우리들 아버지의 모습과 그들의 생각을 엿보고 싶었다고나 할까. 사연 없는 사람이 없듯, 다양한 삶을 살아오신 아버지들의 모습을 통해 이 시대의 아버지를 재조명하고, 독자들에게는 아버지에 대한 애틋함을 전해 주고 싶었다.

다행히 그런 뜻에 동조해 준 다섯 명의 '아빠'들이 소중한 그들의 아버지 이야기를 풀어 주었다. 강인함과 루틴의 힘으로 40년이 넘는 시간을 견뎌오신 아버지, 천하무적 슈퍼맨처럼 굳세게 자신의 가정을 지켜오신 아버지, 철은 없어 보이지만 마음이 여렸던 아버지, 빈손으로 시작해 자신의 삶을 일구어 오신 아버지, 희생과 봉사 정신으로 살아오신 아버지까지. 이들이 전하는 아버지의 모습은 지금의 30·40세대들의 아버지의 모습을 대변하고 있다.

그들의 이야기를 통해 아버지를 떠올리고 가족의 소중함을 다시 한번 깨닫길 바란다. 언제나 무대의 뒤편에 서서 가족을 지지하고 응원했던 아버지… 오늘은 그들을 주인공으로 맞이해 보자. 이 책을 통해 우리 시대의 아버지를 통해 부모 역할의 고단함을 위로하고, 한 번 더 성숙한 자세를 배웠으면 한다. 자, 이제 아버지와 함께했던 어린 시절 추억을 다섯 남자와 함께 소환할 차례다.

2024년 2월
기획자 우희경

그대, 아버지라는 이름으로

첫 번 째
□ 소 울

강인함과 루틴의 왕이었던 아버지

1

아들아, 이불부터 개라

미국 특수작전 사령부 사령관을 역임한 윌리엄 H. 맥 레이븐은 2015년 5월 17일 모교인 텍사스대학 오스틴 캠퍼스에서 졸업식 축사를 한다. 그는 이렇게 말했다.

"세상을 변화시키고 싶으세요? 침대 정리 정돈부터 똑바로 하세요. 매일 침대 정돈을 한다면, 여러분은 그날의 첫 번째 과업을 완수하게 되는 것입니다. 그것은 여러분에게 작은 뿌듯함을 줄 것입니다. 그리고 그다음, 또 그다음 과업을 수행할 용기를 줄 것입니다. 그런 식으로 하루가 끝나면, 완수된 과업의 수가 여럿이 되어 있을 겁니다. 침대를 정리 정돈하는 사소한 일이 인생에서 얼마나 중요한 역할을 하는지 보여줍니다. 여러분이 사소한 일을 제대로 해낼 수 없다면 큰일 역시 절대 해내지 못할 것입니다. 만약 당신이 비참한 하루를 보냈더라도 여러분은 집에 돌아왔을 때 정돈된 침대를 보게 될 겁니다. 바로 당신이 정돈한 침대를. 그리고 이것은 여러분에게 내일은 할 수 있다는 용기를 줄 것입니다."

나의 아버지도 그랬다. "이불부터 개라." 하지만 어쩌면 이 말은 듣는 사람에겐 짜증을 불러일으킨다. 짜증이 나는 이유는 여럿이다. 우선, 화제와 상관없다.

"오늘 누구와 어디로 갈 예정인데 그 친구가 맘에 들지 않아서… 그러면 이제 다른 친구에게 연락해서…."
"이불부터 개라."

이런 식이면 굉장히 듣는 입장에선 기분이 상한다. 아니, 상할 수밖에 없다. 내가 말하는 걸 듣지 않고 있는 게 아니냐는 생각이 들기 때문이다. 둘째, 동기부여가 되지 않는다.

"이불부터 개야지."
"그게 급한 게 아니잖아요, 그리고 그건 나중에 어차피 잘 건데 그냥 두면 되지!"
"그래? 밥도 나중에 어차피 먹을 건데 먹지 말지 그래."

이 정도면 말이 통하지 않는 수준이다. '이불 개는 것이 뭐가 그리 중하냐고!' 하지만, 나중에 보니 알겠더라. 이불 개는 것이 가장 중요한 것이다.

일단 내가 어렸을 땐 지금처럼 침대가 흔하지 않았다. 그래서 온돌바닥에 이부자리를 깔고 잤다가 아침에 일어나면 다시 개서 차곡차곡 장에 쌓아 올려 정리를 해야 했다. 물론 하지 않아도 된다. 그런 집도 많이 봤다. 그러면 하루 종일 집에 침구가 굴러다녔다. 식탁 대신 밥상에 밥을 차려 먹는 집이 많았기 때문에 밥상이 들어오면 안방은 식당으로 변신해야 했는데 그때마다 발로 침구를 한쪽으로 밀고 밥을 먹곤 하는 집도 분명히 있었다. 하지만 우리 집은 그렇지 않았다. 왜냐하면 아침에 일어나면 반드시 이불부터 개야 했기 때문이다. 위와 같은 상황은 애초부터 우리 집에선 벌어질 수 없는 일이다. 왜 그렇게 아버지는 이불 개는 것에 민감했을까.

열 살 언저리 어느 날 오후, 학교 수업을 마치고 집으로 돌아온 나는 평상시처럼 방문을 열어 가방을 집어 던지고 친구들과 놀러 나가던 참이었다. 그런 뭔가 평상시와는 다른 느낌이 어렴풋이 스쳐 지나갔다.

다시 방문을 살짝 열어보니, '맙소사!' 방 한가운데 이불이 떡하니 버티고 있는 것이 아닌가? '이게 무슨 일이지' 싶었다. 분명히 아침에 내가 이불을 다 정리하고 나왔는데 누가 이렇게 펼쳐놓고 그냥 나갔단 말인가?

이불 개는 게 얼마나 힘든데… 잠시 화가 나는 순간 뭔가 또 이상했다. 암만 봐도 이불 속에 누가 있는 것만 같았다. 두근두근하며 다시 이불을 쳐다보았다. '뭐지? 잘못 봤나?' 생각이 들 때쯤부터 급격히 무서워지기 시작했다. '분명 집엔 아무도 없는데. 혹…. 혹시… 귀, 귀신?' 그때부터 가슴이 미친 듯이 쿵쾅대기 시작했다. 등줄기에 서늘한 한기가 느껴지고 나도 모르게 꼭 쥔 주먹엔 땀이 새어 나왔다. 그때, 이불이 순간적으로 한 번 들썩였음을 느끼고(왜 '느끼고'라는 단어를 쓰게 되었음은 나중에 알게 되리라.) 나는 너무나 놀라서 뒤로 자빠지거나 문을 열고 달아날 생각은 차마 못 하고 냅다 이불을 걷어차 버렸다. 본능적으로. 있는 힘을 다해서. 발등으로 힘껏. 눈을 질끈 감고 여러 번. '귀신아 죽어라!!'

그리고 잠시 후, 공포에 휩싸인 발차기가 끝날 무렵, 코를 뚫는 악취가 방 안에 퍼지면서야 나는 정신을 차릴 수 있었다. 그리고 알게 되었다. 내가 걷어찬 것은 귀신이 아니라 어머니가 손수, 힘들게 띄우고 있는 청국장이었음을. 그리고 그 청국장은 이불과 범벅이 되어 청국장도 이불도 쓸모가 없어졌음을. 이 소식이 어머니에게 전달되면서 나도 쓸모가 없는 놈 취급을 받게 되었음을.

나의 아버지는 항상 그만의 루틴을 가지고 있었다. 365일 아침 5시 반에 일어난다. 문을 열고 '꾸엑' 거리며 양치질한다. 벅벅 얼굴을 씻고 나와 두꺼운 외투를 입고 계단을 내려간다. 일과를 마치면 다소 터벅거리는 발걸음으로 현관으로 들어온다. 들어오자마자 양말을 벗고 말아서 '툭' 하고 던진다. 그리곤 최대한 빨리 샤워를 마친다. 반주와 함께 저녁 을 먹고 잠시 텔레비전을 보다가 잠자리에 든다. 대략 10시 정도면 거실 의 불이 꺼진다.

이런 그의 루틴이 지겨워 보일 때가 있었다. 약속이 있어서 외출할 때 빼곤 거의 변함이 없기 때문이다. 요일이나 날씨, 기분에 상관없이 매일 똑같이 반복되는 과정을 지켜보는 것은 때론 '인생이 너무 허무하고 재미 없지 않은가?'라는 식의 의문으로 나에게 돌아왔다. '왜 저렇게 사는 것 인가'에 대한 의문.

하지만 그런 의문에 대한 답은 의외로 쉽게 찾게 되었다. 내가 아버지 가 되면서. 애 둘을 키우기 시작하면서. 나는 야행성 인간이다. 원래는 그렇지 않았다. 하지만 아이들을 키우면서 야행성이 되었다. 왜냐하면 아이들을 일찍 재워야 내가 원하는 것들을 할 시간을 확보할 수 있기 때 문이다. 모든 것이 효율에 초점이 맞춰져 갔다. 장을 보는 것을 어느 순 간부터 온라인으로 바꾸게 되었다. 시간을 아끼기 위해서다. 장을 보러 가기 위해선 많은 과정이 필요했다. 아이들을 입히고 차를 타고 마트에 가서 주차한다. 물건을 고르고 계산하기 위해 줄을 서고, 다시 주차장에 서 짐을 싣는다. 집으로 와 엘리베이터에 물건을 싣고. 현관문을 열어 물 건을 정리한다. 이런 과정을 다 줄이고 바로 현관문을 여는 쪽으로 바꾸 는 것이 나에겐 큰 효율이다. 물론 가끔은 아이들과 장을 보는 즐거움을 택할 때도 있겠지만.

아버지가 되면서 나는 시간의 중요함을 더 크게 깨닫게 되었다. 그리고 시간은 생활을 단순한 루틴으로 바꾸면서 확보할 수 있다는 걸 알게 되었다. 아버지의 루틴을 만드는 것은 생존에 대한 본능에 가까웠다는 것이 나의 결론이다. 그리고 역으로, 아버지는 세 아이를 키우는 30대 가장이었다. 현재의 나보다 어린 그 청년은 얼마나 간절히 자신의 시간이 필요했겠느냐는 생각도 같이하게 되었다.

사소한 것, 별거 아닌 것, 중요하지 않아 보이는 것들에도 집중하고 흐트러짐 없이 최선을 다해 일상의 구멍을 만들지 않는 그 단순하고 우직한 행동의 결과가 한 가정을 흔들림 없이 지탱하는 축대가 아닐까. 나는 요즘 생각한다. 그리고 조금 더 나아가면 그런 행동들이 가정 밖 어떤 조직이나 무리에서 움직이고 작동할 때 잘 보이진 않지만, 전체적으로 조금 더 우리를 둘러싼 환경을 나아지는 게 아닐지 라고도 생각하게 되었다.

결국 '이불부터 개라'는 말은 태도에 대한 이야기다. 태도는 작아 보인다. 태도보다 결과를 중요하게 보는 인식 때문이다. 팔로워가 얼마가 되고 자산이 얼마가 되는 숫자 속에 일상의 태도는 묻히기 마련이다. '플렉스'의 시대에, 태도라는 단어는 얼마나 동떨어져 보이는가?

오랜만에 본가에 들러 안방 문을 열었다. 여전히 잘 정돈된 침대를 보면서(이제는 집에 침대가 있다.) 잠시 생각에 잠긴다. 그리고 마음속으로 말한다.

'그래, 힘들어도 이불부터 개자. 그렇게 시작하자고.'

2

아들이 다쳤다

　아들 둘을 키우는데 요즘 부쩍 다치는 일이 잦다. 얼마 전에는 친구 생일에 초대받아 간 첫째가 다쳤다는 연락이 왔다. 2시간 후에 데리러 오라고 했는데 20분 만에 친구 엄마로부터 연락이 오니 속으로 '아차' 싶었는데 역시 예상이 맞았다. 혼자 미끄러져서 돌에 부딪혀 머리에서 피가 나지혈을 하고 있다는 것이다. 급해서 앰뷸런스를 불렀다고 하니 빨리 오란다. 결국 병원에 가서 봉합수술까지 하고 나서야 집으로 돌아올 수 있었다. 기껏 초대해 놓고 다쳤으니 그쪽 부모님도 나를 보고 미안해하고, 나도 남의 잔칫날 분위기를 망친 것 같아 미안해졌다. 아이들 키우면서 당연히 있을 만한 일인데 다칠 때마다 자꾸 가슴이 철렁 내려앉는 건 어쩔 수 없다.

　다행히 크게 다친 것은 아니었다. 그래도 수술인지라 첫째는 반창고를 머리에 덕지덕지 붙이고 2주를 보내야 했다. 물론 그 상태에서도 뛰어노

느라 정신이 없다. 여덟 살이니 오죽하겠는가? 가려워도 긁지 못하고 머리도 못 감으니 땀내 나는 녀석을 밤마다 조심히 씻기는 일이 만만치 않았다.

그러던 어느 휴일의 아침이었다. 아들 둘을 키우면 아침부터 뭔가 불안한 날이 있다. 그날도 느낌이 좋지 않았다. 요즘 둘이 몸으로 부딪치며 놀기 시작하는 데 그날따라 불안함이 몰려왔다. 몇 번 주의를 주지만 귓등으로도 듣지 않는다. 외출할 때도 마찬가지다. 차 뒷좌석에 앉아 자꾸 서로 치고받고 장난을 친다. 여러 번 소리를 지르고 타일러도 봤지만 그때뿐이다.

결국 밤에 사고가 터졌다. 웬만해선 울지 않는 첫째가 '앙앙!' 하고 울음을 터트린다. 굵은 눈물을 뚝뚝 흘리며 아파한다. 살펴보니 뒤통수에서 피가 난다. 놀란 마음에 소리를 버럭 지르니 둘째가 울기 시작한다.

"일부러 한 거 아니야~!"
둘이 울고불고 눈물 콧물에 아이 엄마는 응급약을 찾고 난리다.
"그러니까 아빠가 뭐라고 했어! 조심하라고 했잖아! 왜 연필을 손에 들고 장난쳐!"

천만다행으로 살짝 긁힌 정도라 앰뷸런스는 면했다. 연필에 긁힌 뒤통

수 한쪽을 소독하고 반창고를 붙이는데 한숨이 나온다. 아이들이 커지면서 달려와서 안아달라고 뛰어들어도 예전 같지 않다. 몸무게도 많이 늘었고 뼈도 굵어져서 그렇다. 그런 형제가 서로 하루 종일 붙어 놀면 당연히 다칠 수밖에 없겠다 싶은데 속상한 마음은 가시질 않는다.

자기 방에서 책을 보다가 자기 전엔 아빠에게 와 한 번 꼭 껴안고 잠자리에 드는 게 습관인 첫째가 오늘도 찾아와 "아빠, 사랑해." 하고 자기 방으로 돌아선다. 그런데 잊고 있었던 뒤통수의 반창고를 보니 기가 막히다가 헛웃음이 난다.

이럴 때 문득 아버지가 생각난다. 나는 다행히 어렸을 적 크게 다친 적이 별로 없었는데 딱 한 번, 교통사고가 있었다. 그날 일은 어제처럼 놀랍도록 선명하게 기억이 난다.

이상할 정도로 고추잠자리가 많던 어느 봄날의 오후였다. 믿기 어려울 정도로 거의 하늘을 뒤덮을 만큼 잠자리가 많았다. 너무나 완벽한 온도에 바람 한 점 없던 그날, 어머니가 저녁을 짓기 시작할 무렵이었나. 동네가 밥 냄새로 진동할 무렵 나는 고추잠자리가 가득 찬 하늘을 보곤 홀린 듯이 신발을 신고 혼자 밖으로 나갔다. 집 밖은 바로 차도였다. 노을이 완전히 도시를 뒤덮어 동네 전체가 그 빛에 스며들어 마치 다른 세상에 온 것만 같은 기분이었다. 그날 이후 지금까지도 그런 날씨를 본 적이 없다. 그리고 그 문제의 고추잠자리는 많아도 너무 많았다. 손을 뻗으면

다 잡을 수 있을 것만 같았다. 뛸 듯이 신났다. 그렇게 얼마나 쫓아다녔을까 멀리서 아주 희미하게 오토바이 소리가 들려왔다. 멀리서 희미하게 가까워지는 느낌이랄까? 나는 어렴풋하게나마 분명 나는 횡단보도 위에 있었기 때문에 '설마 나를 치겠어?'라는 생각이 마음 한편에 있었던 것 같다.

잠시 후였나, 정신을 잃고 땅에 쓰러져 있던 나를 옆집 아주머니가 발견했다. 오토바이가 내 어깨 너머로 시동이 걸린 채 쓰러져 있었다. 오토바이를 몰던 아저씨가 소리를 지르자, 옆집 아주머니가 나를 먼저 발견한 것이다. 그리고 아주머니가 소리를 지르자, 우리 아버지는 러닝셔츠 차림으로, 어머니는 맨발로 달려 나왔다. 비스듬히 두 사람이 다가오는 모습이 보였다.

"이게 무슨 일이야, 아이고 이걸 어째!"

어머니가 오열 비슷한 것을 시작했다. 하지만 나는 직감적으로 크게 다치진 않았다는 걸 알고 있었다. 어디가 몹시 아픈 것 같지 않고, 피도 별로 나는 것 같지 않았다. 그저 조금 놀라서 자빠져 있는데 한 쪽 팔이 마음대로 움직이지 않는 정도였다. 오히려 어머니의 울부짖음이 약간 과하게 느껴질 즈음. '이제 난 혼났다'는 생각에 겁이 덜컥 났다. 그때, 아버지가 갑자기 나를 들쳐 업었다. 그리곤 갑자기 미친 듯이 달리기 시작했다. 아무 말도 없이, 한 번도 뒤를 돌아보지 않고 전력으로 뛰기 시작했다. 오열하던 어머니, 어머니를 부축하던 옆집 아주머니, 놀라서 넋이 나가 있는 오토바이 운전자, 이제야 사태의 심각성을 느끼고 울부짖기 시작하는 어린 여동생 둘, 그리고 여전히 하늘을 가득 덮은 고추잠자리 떼가 노을 속에서 멀리 사라져갔다.

"골절입니다. 깁스하고 다음 주에 다시 오세요."
"괜찮은 건가요?"
"네, 깁스하세요."
"팔을 못 쓰게 되거나 하는 건 아닌가요?"
"네, 가렵다고 할 거예요. (이런 아이들이 자주 옵니다.)"

아버지가 전력으로 동네 병원으로 가 병원 문을 박차고 들어가 아이들 살려달라고 외쳤던 몇 분 전에 비하면 상당히 애매한 모양으로 돌아가고 있었다. 물론 골절이지만 별일이 아니라는 것이 동네 자타공인 최고 의료진(?)의 진단이었다. '자주 옵니다.'라는 마지막 말을 듣곤 옆에 있던 아버지가 내뱉은 긴 한숨은 지금도 생생하게 들리는 듯하다.

아들 둘을 키우면서 여러 번 병원 신세를 지게 되었다. 화상을 입은 적도 있고, 팔꿈치가 탈골된 적도 있다. 이번엔 봉합수술을 했지만, 다음엔 또 얼마나 무슨 일이 생길까를 생각하면, 아니, 생각하기도 싫다. 병원을 좋아하는 사람이 있겠냐마는 아이가 아프면 부모 마음은 얼마나 아픈지, 내가 다치면 왜 아버지에게 혼나는지 이제야 알게 되었다.

  얼마 전, 아버지 생신에 온 가족이 모였는데 모두 첫째 머리통을 바라보며 한마디씩 했다. '이 정도라 다행이다.', '부모가 더 신경 써야 한다.', '아들과 딸이 다르다.', '병원 좀 그만 보내자.' 등등. 그때 말없이 첫째를 바라보던 아버지의 표정을 보니 여러 감정이 교차한다.

  40년 전 나를 업고 달리던 아버지의 헐떡임과 땀과 간절함을 등 뒤에서 온몸으로 느꼈던 나, 하루하루 살얼음판 걷듯 조심스러운 나의 요즘. 아버지는 머리를 꿰맨 첫째를 안고 '조심해라, 까불지 말라, 아프지 마라.' 당부하셨다. 나는 별거 아니라고 무심한 척했지만, 아버지의 그 모습에서 속으로 마음 한쪽이 아릿해지는 건 어쩔 수 없었다.

3

들어주는 것은 힘이 세다

당신의 아버지를 영화 속 캐릭터로 설명한다면? 생각해 본 적이 있는
가? 최근 센(!) 아버지들이 한꺼번에 등장해 화제를 모은 드라마가 있다.
〈무빙〉이다. 화려한 캐스팅과 역대 한국 드라마 최고의 제작비, 인기 웹
툰 원작으로 제작 당시부터 많은 사람들의 관심을 받은 작품이다. 과연
뚜껑을 열어 보니 한국판 마블, 한국판 히어로물이라는 수식어가 아깝지
않았다. 그런데, 거기에 나오는 아버지들이 아주 특별하다. 칼로 배를 찔
려도 순식간에 회복하는 아버지, 하늘을 날아 비행기에 매달릴 수 있는
아버지, 강력한 파워로 수십 명을 한꺼번에 무찌르는 아버지 등⋯ 이런
초능력자 아버지들이 한국이란 공간에서, 자기 능력으로 가족을 지키며
생존해 나가는 것이 〈무빙〉의 주요 줄거리다.

그런데 이렇게 힘센 아버지들보다 더 강하게 느껴지는 아버지 캐릭

터가 있다. 프란시스 포드 코폴라(Francis Ford Coppola) 감독의 〈대부(Mario Puzo's The Godfather, 1973)〉라는 영화의 주인공이다. 최고의 배우 말론 브란도(Marlon Brando)가 마피아 보스 돈 콜레오네를 연기한다. 영화의 역사에서 가장 아름다운 오프닝 시퀀스로 불리는 첫 장면에서 돈 콜레오네는 소위 '민원'을 받고 있다. 자기 딸에게 몹쓸 짓을 한 놈들에게 복수를 해달라는 한 남성이 그에게 하소연하고 있다. 물론 그 대가로 은밀한 제안을 받기도 하는데… 자기 막내딸 결혼식 날, 화려한 음악과 장식으로 시끌벅적한 바깥의 풍경과 어두컴컴한 곳에서 자신의 역할에 임하는 아버지의 모습이 선명하게 대비되며 영화는 강렬한 인상을 남긴다.

미리 말하지만 오해하지 말고 들어주시길. 나는 나의 아버지를 보면 대부의 돈 콜레오네가 떠오른다. 물론 나의 아버지는 마피아가 아니다. 아니, 평화주의자다. 분명 화를 내는 모습을 많이 보긴 했지만, 남에게 해를 가하는 한 번도 본 적이 없다. 그렇다면 왜 아버지를 보면 대부가 떠오를까? 그건 바로 위에 설명한 오프닝 시퀀스에서 돈 콜레오네가 그를 찾아온 사람의 사정을 말없이 그리고 아주 정성스럽게, 하지만 전혀 감정에 치우침 없이 듣는 모습이 아버지를 연상시키기 때문이다.

예전부터 아버지를 찾아오는 사람들이 많았다. 초등학교 시절, 가방을 둘러매고 학교에서 돌아오면 누군가가 찾아와 아버지에게 상담하는 모습을 자주 보았다. 아버지가 일하는 사무실의 작은 창문이 있는데 꼭 그

창문을 지나야만 내 방으로 들어갈 수 있었다. 그런데 그 창문을 지날 때마다 아버지의 사무실 소파엔 누군가의 뒷모습이 보였고 아버지는 조용히 상대방이 쏟아내는 말들을 듣고 있었다. 심각한 표정으로, 때론 고개를 끄덕이며. 어머니가 저녁을 차리고 아버지에게 눈치를 줘도 아버지는 손님을 물리지 않고 계속 이야기를 들어주었다. 배가 고픈데 밥상을 앞에 두고 아버지를 기다리는 게 쉽지만은 않은 나이었다. 한참이 지나야 손님은 고민이란 게 없었던 사람처럼 발걸음도 가볍게 떠나갔다. 나는 아버지가 그들에게 어떤 도움을 줬는지 궁금해지기 시작했다.

어느 날, 여느 때처럼 학교를 마치고 방으로 들어가려는데 그날도 아버지 방엔 손님이 와 있었다. 나는 쓱 쳐다보다 꾸벅 인사를 던지며 지나치고 있었다. 그런데 갑자기 아버지가 사무실에서 큰 목소리로 내 이름을 불렀다. 나는 깜짝 놀라서 멈칫하곤 말했다.

"네! 왜요?"
"잠깐 들어와 봐라!"
"네."

방에는 담배 연기가 자욱했다. 소파를 사이에 둔 테이블 위 재떨이엔 담배꽁초가 가득했다.
"인사해라, 제 아들입니다."

"안녕하세요."

"어, 그래!"

먼 친척이었다.

"잘 지내셨어요."

"어, 공부 잘하고 있지? 벌써 고등학생이라니 다 컸네!"

의례적인 인사가 끝날 무렵 아버지가 말했다

"잠깐 이야기 나누고 계세요, 제가 일이 좀 바빠서….”

아버지가 벌떡 일어나서 밖으로 급히 나간다. '앗?' 하며 아버지의 뒷모습을 바라보는 나. 사실 그날따라 종업원이 쉬는 날이었다. 그렇지 않아도 바쁜 시간, 친척분이 와서 '내 이야기를 들어 달'고 하니 못 들은 채할 수도 없고, 그렇게 앉아 있자니 일이 밀리던 차였다.

아무튼, 아버지 대신 이야기를 들어주게 된 나는 덩그러니 소파에 앉아 아저씨를 마주했다. 그리곤 약간의 아주 약간의 침묵. 어쩌면 한 2초 정도? 절대 길다고 할 수 없는 찰나가 지나자, 아저씨의 이야기가 쏟아지기 시작했다.

"야, 내 이야기 좀 들어봐라, 얼마 전에 누가 나를 찾아왔는데 말이야. 하는 말이 가관이야…(중략) 그런데 잘못은 자기가 했는데 나에게 이래라 저래라 하니 화가 나지 않겠어? 내가 어떻게 했겠어? 그 사람 자식을 찾아갔지…."

이 긴 이야기를 요약하면 이렇다. 아저씨가 밭이 있는데 비만 오면 옆 밭에서 물이 넘쳐 온다. 이 물로 농작물의 피해를 보니 항의했다. 그러자 상대방이 신고했다. 아저씨가 자신의 땅 일부를 침범해 왔다는 것. 아저씨의 땅이 실제보다 더 넓게 측정이 되어 자신의 땅을 활용하고 있단다. 물론 아저씨는 이 사실을 알지 못했고 이 밭의 전 주인으로부터 땅을 살 때부터 지금 모양 그대로였다고 한다. 그런데 옆 밭의 주인은 자기가 이 것에 대해 피해를 보상받아야 한다고 시청을 찾아가 신고를 한 것이다. 이 답답하고 억울한 상황을 어떻게 해결할 수 있느냐가 이 담배꽁초 산(?)을 만든 자초지종이다.

재떨이를 보던 나는 생각했다. '도대체, 어떻게, (물론 벌써 이만큼 컸지만) 고등학생인 내가 해결해 줄 수 있겠는가?' 이 이야기의 어느 틈새를 비집고 이 아저씨를 집으로 보낼 만큼의 설득력 있으면서 세련된 그리고 실제로 도움이 되는 말을 할 수 있을까? 나는 당황하기도 하고 놀라기도 해서 아무 말도 못 하고 있었다. 머릿속이 복잡해졌다. 아저씨는 목에 핏대를 세우고 눈을 네모나게 뜨고 나를 바라보며 열변을 토하고 있었다. 내용이 하나도 들어오지 않는 음성이 뭉개지는 슬로우모션으로 보였다. 나는 그냥 최선을 다해 듣고 고개를 끄덕이거나 가끔 '네', '아', '아이고' 등 짧게 덧붙일 수밖에 없었다. 얼마나 지났을까. 덜컥하고 문을 열고 아버지가 들어왔다.

"아이고, 미안합니다. 마침 바빠서."

"그럼 넌 올라가 봐라."

"네."

앓던 사랑니가 빠지는 게 이런 기분일까. 꾸벅하고 인사하고 후다닥 가방을 챙겨 방을 나왔다.

그날 저녁, 식사 후 각자의 방으로 들어간 식구들. 아버지만 혼자 거실에서 TV를 켜고 보고 있었다. 나는 방에서 책을 보다가 흘러나온 TV 소리를 듣고 밖으로 거실로 나왔다. 아버지는 시선을 거두지 않고 뉴스에 집중했다. 나는 바닥에 조심스럽게 앉아 함께 TV를 보는 척하며 슬그머니 말을 꺼냈다.

"아버지!"

"응." 여전히 고개를 돌리지도 않는다.

"낮에 그 아저씨한테 뭐라고 하셨어요?"

"무슨 말이냐?"

"그 아저씨 나중에 가실 때 환하게 웃으면서 나가시던데, 무슨 말씀을 하셨어요?"

"기억이 안 나."

"네? 기억이 안 나요?"

"응, 기억이 안 나."

"그래도 무슨 해결책을 주니까 좋아하시면서 간 것 아니에요?"

"해결책은 무슨 해결책이야, 그냥 들어준 거지." 아버지는 덧붙였다.

'들.어.줬.다.'

"마지막에 이렇게 말하긴 했지. 변호사에게 가 보라고."

"변호사요?" (그건 누구나 할 수 있는 말 아닌가?)

"이야기를 들어보니 이미 변호사 사무실 여러 군데를 알아보고 왔더라고."

"네? 그런데 왜 아버지에게 찾아와서 그렇게 열심히 이야기 하나요?"

그제야 고개를 돌린 아버지가 내 눈을 보며 말했다.

"들어달라니까 들어주지!"

'사람들은 당신이 이야기를 들어주기를 바란다.' 나이 먹고 보니 그때 아버지 말이 이해가 간다. 사람들은 어쩌면 이미 모두 자기 나름의 해결책(계획)을 가지고 있다. 어떤 문제에 부딪히면 누군가를 찾아가 하소연하고 침을 튀기며 화를 내기도 하고, 울고불고 난리를 부리지만 결국 자신은 자기가 어떻게 할지 분명히 알고 있다. 왜냐하면 자기 자신과 자신을 둘러싼 상황을 가장 잘 알고 있는 건 본인이기 때문이다. 그리고 자기만큼 자신에게 관심이 있는 사람은 이 세상에 없기 때문에 그 해결책이야말로 분명 가장 적확한 결론이기 때문이다.

그러므로 아버지는 그들의 이야기를 참을성 있게 들어주고 그들이 스스로 세운 계획을 치켜세워 주었다. 마지막엔 그들이 말하는 계획에 고개를 끄덕이는 것으로 그들을 감동하게 하며 돌려보낼 수 있었다. 그들이 이미 가지고 있는 해결책에 진심을 담아 동조해 주는 것만으로 충분했다.

지금도 아버지 사무실엔 사람들이 찾아온다. 지금도 그 창을 통해 같은 장면이 반복된다. 아버지는 30년 이상 그 자리에서 사람들의 이야기를 들어주고 있다. 물론 아버지는 돈 콜레오네처럼 손님들의 복수를 대신해 준다거나(특히 말목을 잘라 침대에 올려놓는다거나) 하는 일은 절대 없다. 오해하지 마시라. 하지만 한 가지 분명한 게 있다. 들어주는 것 하나는 우리 아버지가 최고다. 그리고 그것이 가장 센 것이다. 하늘을 날지 못해도, 손으로 벽에 구멍을 낼 수 없어도, 쓰러지면 무르팍이 깨져도, 결국 듣는 사람은 싸우지 않고도 이기는 진짜 슈퍼 히어로라고 나는 생각한다.

4

아버지의 흙투성이 손

　나에게 아버지에 대한 가장 오래된 이미지는 흙투성이 손이다. 아버지는 감귤, 파인애플, 바나나 등 닥치는 대로 농사를 지어왔고 대부분의 시간을 과수원에서 땀을 흘리며 보냈다. 시간과 계절에 개의치 않고 눈이 오면 눈이 오는 대로 불을 피우고, 더우면 더운 대로 새벽녘부터 밭으로 나가 일을 했다. 하루 종일 일을 하다 집에 돌아오면 마당 한쪽 수도에서 찬물을 틀어놓고 시커먼 손을 씻기 시작했다.

　손 마디마디, 손톱 사이에 낀 흙은 쉽사리 떨어지지 않았다. 아버지는 끙끙대며 기합을 넣듯 손을 씻었다. 하루 종일 아버지를 기다렸던 나와 두 동생은 수도 옆에 쪼그려 앉아 그 모습을 지켜보며 키득거렸다. 시원한 물소리 아래로 탁한 비눗물이 시멘트 바닥을 흘러 수챗구멍으로 휘돌아 사라졌다. 아버지는 손을 대강 수건으로 닦는 듯 마는 듯하곤, 세 명의 아이를 돌아가며 안아주었다. 물기가 남은 거친 손이 아이들의 겨드

랑이를 간지럽혔다. 장난치듯 한꺼번에 세 명을 껴안고 '차' 하고 들어 올리면 '까르르' 웃는 소리가 집 밖으로 흘러 나갔다. 허름한 지붕 너머로 여름 해가 길게 누우며 붉게 하늘을 물들이고 있었다.

어머니가 저녁을 차리면 다섯 식구가 작은 상에 둘러앉아 달그락거리며 밥을 먹었다. 밥상엔 별것 없었지만 늘 맛있게 먹었던 것 같다. 그런데 반찬을 집어주며 아이들을 챙기는 아버지의 손엔 아직도 어렴풋이 흙빛이 남아 있었다. 어쩌면 그리 지우기 힘들었는지… 쓰던 비누가 별로였는지, 옛날 흙은 유난히 검었었는지 알 길이 없다. 하지만 그 손만은 긴 기억의 저편에 저장된 이미지가 되어 지금도 가끔 나를 찾아온다. 농사를 지어 어린 세 자녀를 부양하는 서른셋 가장의 거칠고 상처투성이인 흙손. 오늘의 나보다 훨씬 어렸던 그의 손을 떠올리면 인생이 한 사람에게 지우는 삶의 무게를 실감하게 된다.

다만 아버지는 한 번도 자기 손을 부끄러워한 적이 없었다. 수재로 불릴 정도로 학업에 뛰어났고, 당시 쉽지 않던 대학에 진학해 건축을 전공하고, 고향으로 돌아와 공무원으로 일을 시작했다가 단숨에 박차고 나온 이후의 삶. 그로부턴 분명 매 순간이 자신의 '책임'이었을 터다. 선택에 대한 책임. 오토바이를 사서 생선 장수를 하고 결혼하고 가정을 꾸려나가는 그 하루하루의 기쁨과 슬픔, 고됨과 보람의 순간마다 아버지는 분명 그 책임의 그늘에서 살아왔을 것이다. 그 책임을 고스란히 떠안고 꾸역꾸역 발걸음을 내딛고 살아가는 것이 인생이고 그것을 저버리지 않는 것이 사람의 양심이라면 그는 분명 한 평생 양심을 저버리지 않고 책임을 다해 살아온 가장임이 분명하다. 그 사실을 본인도 알고 있기 때문에 그는 자기 손을 부끄러워하지 않았다고 나는 생각한다. 그리고 그 당당한 흙손이야말로 삶을 살아가는 원동력이지 않았을까? 지금에서야 나는 겨우 짐작한다.

얼마 후, 아버지는 흙손에서 벗어나고 싶었다. 과수원을 하고 부지런히 밤낮없이 일해 온 아버지는 큰돈을 들여 주유소를 차리셨다. 벌써 30년도 더 된 일이다. 당시에는 우리가 살던 지역엔 주유소가 그리 많지 않았다. 아버지는 그나마 크지도 않던 시내에서조차 멀리 떨어진 과수원을 개간하여 주유소를 지었다. 모험이었다. 2차선 도로에 시내에서 한참이나 떨어진 곳에 덩그러니 생긴 주유소는 그 자체로 생경한 풍경이었다. 지금 생각해 보면 '이런 곳에?'라는 생각이 든다. 가로등도 없어서 해가 지면 캄캄한 풍경 속에 환한 섬처럼 우리 집이 덩그러니 떠 있었다.

우리 가족은 주유소 2층에 집을 꾸렸다. 주유소 뒤편으로 1층과 2층을 잇는 계단을 놓았다. 아버지는 새벽 5시에 일어나 그 계단을 내려가 가게 문을 열었고, 밤 10시가 되어서 문을 닫고 계단을 올라왔다. 1층과 2층의 사이엔 두꺼운 철문이 있었다. 외진 곳이다 보니 큰 개를 키웠는데 그마저도 마음이 놓이지 않아 단단한 문을 끼워 넣은 것이다. 그 문은 여닫을 때 유난히 큰 소리를 냈다. 철커덩! 하고 두꺼운 철문이 닫히면 우리 집 개가 '멍멍!' 하고 울었다. 그럼 조용한 동네에서 졸고 있던 개들이 '컹컹', '그르릉' 소리를 내며 짖었다. '철커덩! 멍멍! 컹컹!! 그르릉!!!' 그 소리를 새벽에 한 번, 밤에 한 번 들으며 나는 10대 시절을 보냈다.

또 얼마 후, 대학에 들어갔다. 방학이 되면 학교를 떠나 고향집, 주유 소의 2층으로 돌아왔다. 겨울이 되면 주유소가 눈코 뜰 새 없이 바빠졌 다. 나는 아버지가 운전하는 기름을 실은 차를 타고 종종 배달을 나갔다. 일손을 거들기 위해서다. 벼농사를 짓는 집 아들은 논에 나가고, 과수원 집 아들은 과수원에 나가는 것처럼 기름을 파는 집 아들은 보일러 기름 을 배달하러 나가는 것이 이치다.

일은 녹록지 않았다. 지금은 도시가스 등이 들어와 연료가 떨어진다는 생각하지 않고 사는 사람들이 많다. 하지만 그때는 대부분의 가정이 기 름을 원료로 하는 보일러를 사용하고 있었다. 그래서 겨울이 되면 시도 때도 없이 보일러용 기름을 주문하는 전화가 걸려 왔다. 주유소의 사무 실 벽 위 칠판에 가득 가야 할 곳의 목록이 적혀 있었다. 그걸 보면서 힘 들어하면서도 한 편으로는 다행스러워하는 아버지의 모습을 어린 나는 이해하지 못하고 짜증스러워했다. 그 까맣게 덮은 글자들이 우리 식구의 밥이었고 학비였음을 나는 그때 깨닫지 못했다.

배달을 가면 가장 힘든 것이 3층 집이었다. 나는 3층으로 올라가 밧줄을 던지면 아버지가 그 밧줄을 기름이 들어 있는 호스에 묶는다. '당겨!' 라는 신호가 오면 나는 3층에서 밧줄을 당기기 시작했다. 처음에는 괜찮지만, 호스가 점점 올라올수록 힘은 더 들 수밖에 없다. 호스 안에 담긴 기름의 무게가 점점 더해지기 때문이다. 거의 3층까지 올릴 정도면 팔이 덜덜 떨리기까지 했다. 하지만 밧줄을 놓쳐선 안 된다. 무거운 호스가 한꺼번에 어디로 떨어지기라도 하면 정말 큰일이다. 다행히 별 탈 없이 일을 마칠 수 있었지만 지금 생각해 보면 꽤 아찔한 장면이다.

"밥 먹자." 자식들의 덩치가 커져서인지 밥상도 조금 더 커졌다. 다섯 식구는 여전히 달그락거리며 밥을 먹기 시작한다. 하루 일은 고되었지만 갓 지은 저녁밥은 별 반찬 없이도 참 맛있었다. 아버진 더 이상 내 밥그릇에 반찬을 집어주진 않는다.(언제가 마지막이었더라.) 다만 아버지는 맛있는 반찬을 덜 먹는 쪽으로 표현의 방식을 바꾼 게 아니었을까 생각한다. 아이들을 위한 말 없는 배려랄까. 아버지의 손은 여전히 검다. 분명히 식사 전 손을 씻었는데도 기름때가 남아 있었다. 게다가 쾌쾌한 기름 냄새까지 희미하게 나는 듯했다.

"밥 안 먹어요, 배가 별로 안 고파서…." 나는 아버지의 손과 거기서 나는 냄새가 왠지 싫어서 젓가락을 놓고 일어섰다. 갑작스러운 정색에 아버지의 표정이 순간 굳어졌다. 의아해하는 가족들을 뒤로 쿵 하고 문을 닫고 방으로 들어갔다. 왜 이렇게 힘들게 살아야 하는지 싫어서 그랬던 것 같다. 왜 남의 집 아버지처럼 회사에 다니고 주말에는 집에서 쉬면서 우리와 함께 놀러 다니지 못하는지, 저녁이면 오늘 하루 얼마나 매출을 올렸는지 꼭 그렇게 살펴봐야 하는지, 속 썩이는 직원을 욕하며 술잔을 들어 올리는 아버지의 손이 왜 그렇게 보기 싫었는지…. 지금도 눈을 감고 코를 킁킁거리면 그날 저녁의 밥과 기름이 섞인 그 냄새를 맡을 수 있을 것만 같다. 아버지의 당당한 손을 나는 어쩌면 부끄럽게 바라보았던 것 같다.

그로부터 또 20년이 지났다. 지금도 주유소는 그대로 남아 있다. 주유소 앞 2차선은 6차선이 되었고 차량은 기하급수적으로 늘어났다. 장사는 그럭저럭 잘 되었지만 그렇다고 수지맞을 정도는 아니었다. 가업은 그냥 그 시간 동안 우리를 먹이고 살렸다. 아버지는 그때처럼 배달하러 다니지 않는다. 아니, 못한다. 70대가 되었고 시간은 근력을 앗아갔기 때문이다.

이제 나는 두 아들의 아빠가 되었다. 아직 아버지가 아니라 '아빠'다. 아이들은 주유소 옆 과수원에서 노는 것을 제일 좋아한다. 답답한 아파트에서 벗어나 과수원 귤나무 사이로 뛰어다니고 블루베리 열매도 따고 자전거를 타고 돌아다니기도 하면서 시간 가는 줄 모른다. '할아버지!' 하고 외치는 소리가 들린다. 저쪽에서 아버지가 걸어온다. 주말마다 만나는데 뭐가 그리 반가우신지 아이들을 안아 올린다. 아이들이 까르르 웃는다. 아버지는 예전처럼 흙손이나 기름 손으로 범벅이진 않는다. 다만 가끔 주유소 일을 보고 가끔 흙을 만지니 흙손과 기름 손을 왔다 갔다 한다. 달라진 건 내 마음일까. 나는 더 이상 아버지의 손이 부끄럽지 않다.

퇴근하고 집에 돌아오면 아이들이 뛰어와 반긴다. "아빠!!"(여전히 아직 아빠다.) 하면서 현관으로 튀어 나온다. 오늘 하루에 있었던 가장 신나는 일을 이야기하면서 목청을 높인다. 그 이야기를 들으며 저녁을 먹는 삶이 나는 꽤 값지다고 생각한다. 그리고 그 무엇도 그 시간을 방해해선 안 된다고 믿는다. 우리 네 식구는 얼굴을 맞대고 저녁을 먹는다. 한여름의 밤바람이 창을 타고 들어온다.

상을 치우고 그릇을 씻고, 아이들을 씻긴다. 책을 읽어주고 재운다. 아이들은 내 손을 잡고 잠이 든다. 아이들에게 나의 손은 어떻게 기억될 것인가. 아버지의 흙손처럼 시커멓진 않지만 그래도 분명 자신들을 위해 일했던 아빠의 손을 기억해 줄 것인가. 다시 나는 아버지의 흙손을 생각한다. 그리고 책임에 대해 생각한다. 책임이라는 단어는 가족이라는 단어와 함께 쓰일 때 가장 그 말이 가진 의미를 가장 잘 표현할지도 모르겠다. '가끔 아버지의 손을 잡아줘야겠다'고 생각한다. 한 남자의 일생의 책임감에 감사하는 마음으로. 그것이 오늘을 만든 원동력이었음을 우리는 용기 있게 고백하고 또 살아가야 하겠다.

사업을 시작하기 전 젊은 시절 아버지

5

당신에게 주고 싶은 선물

'남에게 인사나 정을 나타내는 뜻으로 물건을 줌' 국어사전에는 선물을 이렇게 정의하고 있다. '남에게'라는 단어가 유난히 눈에 띈다. 남이 아니어서인지 뭔지 이유는 모르겠지만 가족에게 선물하는 것이 나는 참 어렵게 느껴진다. 무엇을 어떻게 선물해야 할지 고민하는 것이 언제나 곤혹스럽다.

얼마 전, 아버지의 생신이었다. 또 고민이 시작되었다. 무엇을 선물해야 하나. 항상 닥쳐서야 시작하는 해마다 반복되는 고민은 미리 준비하지 못한 나를 자책하게 한다. 그래도 어쩌랴. 부랴부랴 전화를 돌린다.

"엄마, 아버지 신발 사이즈가 몇이더라?"

"신발 많다, 사지 마라. 어차피 다 신지도 못하고 쌓여 있다."

"그럼, 머플러는?"

"네가 저번에 산 것도 그대로 있다, 왜 하지도 않는 머플러를 사니?"

"그럼, 뭐 필요한 거 없어요?"

"하나도 없다. 그냥 저녁 먹으면 되지, 무슨 선물은 선물이냐?"

우리들의 가족 생일 풍경이 대부분 이런 식이지 않을까. 이쯤 되면 선물 고르는 일이 스트레스가 된다. 그 스트레스가 생일 축하의 본질보다 더 커지게 되면 가족이라는 것이 굴레처럼 느껴지는 못된 심보가 마음 깊은 곳에서 일어난다.

나는 안 되겠다 싶어 이번엔 좀 과감하게 해보자는 오기 같은 것이 생겼다. 2년 전, 코로나19로 아버지가 칠순도 제대로 못 치른 점도 마음에 걸렸던 참이었다. 나는 1박을 할 숙소를 하나 빌리기로 했다. 동생들 내외를 포함하니 10명이 넘는 대가족이 되었다. 침실 3~4개가 딸린 숙소를 머뭇거림 없이 예약했다. 가격은 좀 있었지만, 많은 인원이 사용할 것이고, 아이들도 셋이나 있어서 생각해 보니 괜찮겠다 싶었다. 게다가 수영장도 무료 이용에 저녁 뷔페도 할인이란다. '이럴 때 기분을 내야 한다'는 생각에 바로 예약하고 말았다.

집에서 멀지 않았지만 그래도 짐들을 들고 숙소로 들어가는 건 우리 모두를 상당히 들뜨게 했다. 특히 주인공인 아버지의 표정도 아주 밝아 보여 '아, 잘했구나.' 싶었다. 아이들도 층간 소음 걱정 없는 단독형 숙소라 침대 위, 마루, 2층 계단 등을 오르내리며 영역표시(?)를 했다.

모두 짐을 풀고 뷔페로 가서 저녁을 먹었다. 모두 긴 시간 이야기를 나누며 맛있게 먹고 숙소로 돌아왔다. 그리고 드디어 오늘의 하이라이트인 생일파티를 시작했다. 불을 끄고, 애써 고른 케이크를 테이블에 올리고 생일 축하 노래를 불렀다. 과연 생일은 참 좋은 날이다 싶을 정도로 모두 환한 얼굴이다.

이제 선물들이 나올 순서다. 애써 만든 기회니, 선물도 다른 때와는 좀 달랐다. 먼저 아이들의 선물이다. 조카는 '할아버지 사랑해요, 건강하세요.'라고 삐뚤빼뚤한 글씨의 카드를 건넸다. 할아버지의 입가에 웃음이 번진다. 재킷 안쪽 주머니에 소중히 넣어둔다. 뺨을 비비며 웃으시니 그보다 좋을 수 없다. 이제 줄줄이 자식들 차례. 역시, 고심한 흔적은 보이나 크게 예상을 벗어나지 않는 수준이다. 신발, 상품권, 건강음료 같은 것들이 그럭저럭 전해졌다.

그런데, 마지막 반전이 있었다. 막냇동생이 비장의 카드를 준비한 것이다. 아까 축하 노래를 부르고 촛불을 끈 생일 케이크의 장식용 초를 뽑아 보라는 것이다. 아버지가 무슨 영문이냐며 초를 뽑았는데 거기에서 오만 원짜리 현금이 초에 따라 뽑히는 것이 아닌가! 그냥 뽑히는 게 아니라 뽑아도 뽑아도 계속 나오는 그야말로 케이크 안에 돈이 가득 든 것 같은 그림이 연출되고 있었다.

그리고 더 큰 반전은 아버지의 표정이었다. 아버지가 그렇게 환하게 웃는 건 집안의 장손을 안겨드린 그날 이후로 처음이었다. 그런데 아이들은 그 장면을 보더니 더 난리가 났다. 마술쇼를 보는 것처럼 케이크에서 튀어나오는 돈에 거의 이성을 잃을 정도로 흥분하며 발을 굴렀다. 어머니도 눈이 휘둥그레진다. 동생이 그때 휴대전화로 사진을 찍었는데, 나중에 전후 맥락을 생략하고 그 사진만 보았다면 이게 무슨 상황인지 다들 이해하기 힘들 정도로 화끈한(?) 현장이었다. 그렇게 강한 아버지가 이 한 방에 무너지다니….

부모님이 방으로 들어가시고 자식들끼리 맥주를 마시며 조촐하게 뒤풀이했다. 사는 이야기, 살기 힘든 이야기, 살아갈 이야기, 행복한 이야기들과 그 사이의 별로 행복하지 않은 이야기가 스스럼없이 흘러나왔다. 어찌 보면 인생의 모든 것 같은 이야기지만 사실 입 밖으로 내놓으면 별것 아닌 이야기들이 그래도 가족이라고 서로 들어줄 수 있는 이야기들이 술잔과 함께 흘러갔다.

마지막은 모두 같은 이야기다. 오늘 아버지가 정말 행복해 보여서 좋았다는 것. '아! 모두 느꼈구나.' 그렇다. 아버지는 그 어느 때보다 행복해 보였다. 그게 참 다행이었고 이제껏 이게 뭐라고 못 해 드렸나 싶어 죄송스럽기도 했다.

자리를 마무리하고 각자 식구들끼리 방으로 들어가 누웠다. 아이들이 쌔근대며 자고 있고 아내도 뒤척이다가 이내 잠들었다. 나는 쉽게 잠들지 못한다. 행복한 시간을 보냈지만 뭔가 마음속엔 아직 정리되지 못한 무언가가 남아 있는 듯, 점점 더 깊은 생각에 잠기고 있었다. '후~', 한숨을 쉬고 곰곰이 생각을 더 해 본다. 나를 잠들지 못하게 하는 건 다름 아닝 아버지의 표정이었다. 케이크를 받을 때의 그 표정! 항상 진중하고 신중한 아버지의 이미지에서 갑자기 튀어나온 천진난만한 그 표정을 나는 처음 보았다. 그 표정이 이상하게 각인된 채 잠자리에 누운 내 머리 위를 둥둥 떠다니는 것 같았다. 그 묘한 기분 속에서 나는 생각했다.

'아버지에게 필요한 선물은 가족이 함께하는 새로운 경험이구나.'

살면서 힘들지 않은 사람은 없을 것이다. 가족이 가장 힘들게 하지만 가족 때문에 산다는 것도 맞는 말이다. 누구나, 가족이 있어서 힘든 시간을 견디고 또 앞으로 한 걸음 나아가는 것이다. 그렇다면, 세상에서 가장 소중한 가족과 함께 새로운 경험을 하는 것이야말로 삶의 가장 큰 자극제이면서 비타민이 아닐까.

우리는 주변의 사람들과 경험을 나눈다. 여행을 떠나고, 술잔을 기울이고, 노래방을 간다. 커피를 마시고, 잡담한다. 그리고 그 시간을 '인간관계'라 부르며 의미를 부여한다. 그런데 잘 생각해 보면 가족과 함께 '가족관계'를 위해 무엇을 하고 있나 되돌아보게 된다. 세상 가장 소중한 가족을 위해 나는 어떤 준비를 하고 어떤 노력을 하고 있는지… 가장 가까이 있어서 가장 등한시하는 건 아닌지. 그래서 지금껏 어떤 '경험'을 같이하는 가장 중요한 일을 놓치고 살아온 건 아닌지 말이다.

다음 날 아침 숙소를 나오면서 아버지의 얼굴을 곁눈질로 살폈다. 편안하고 행복한 여운이 아직 남아 있었다. 주차장에서 각자의 차를 타고 헤어지는 시간. 아이들이 할아버지에게 달려가 안긴다. 그리고 별거 아닌 그 짧은 인사의 순간이 주는 깊은 메시지를 새긴다. 무뚝뚝하고 말이 없었고, 누구보다 강해 보였던 아버지들의 황혼은 생각보다 작은 것들로 무던해지니, 이제 선물도 조금 더 새롭게 해 보는 건 어떨까? 아차, 선물 고민이 더 커졌다.

6

이제 집짓기를 시작하고 싶습니다

아버지가 살았던 집에 대해 생각한다. 내가 기억하는 가장 오래된 아버지의 집. 물론 우리 가족의 집이었지만, 아주 냉정하게 생각해서 한 남자가 자라서 자기 먹을거리를 해결하고 가족을 일구고 자식을 낳고 마련한 공간이라고 생각하면 그건 분명 그 남자의 집이라 생각해도 좋을 것이다.

내가 생각하는 가장 오래된 아버지의 집은 사진 속에 있다. 집 앞에서 어머니와 어머니의 조카가 갓난아기인 나를 안고 있는 사진이다. 아버지는 사진 속에 없다. 밭으로 일을 하러 나갔거니 생각한다. 그 사진이 기억에 남는 이유는 인물 배경에 보이는 집의 유리문 창살 때문이다. 딱 봐도 아주 얇은 유리문이 나무 프레임에 끼워져 있는 전형적인 당시 중산층 집의 거실 창이다. 지금은 잘 사용하지 않는 그 유리문을 보면서 드는 생각은 '아유, 얼마나 추웠을까?'였다.

지금처럼 몇 중 창호도 아니고 단열이 되는 창도 아니다. 냉랭한 마룻바닥 그 끝에 신발을 신는 작은 공간 너머로 바람이 불면 '파르르' 하고 떨리는 종잇장 같은 유리문. 어찌나 잘 깨졌는지 '쩍'하고 금이 가면 테이프로 대강 붙이고 살았던 그 유리문 말이다. 그 문 앞에서 일하러 나가는 젊은 아버지를 생각한다. 드르륵 하고 문을 열고 나가는 그 뒷모습을 떠올려 본다. 나는 '먹고 살려고'라는 말을 제일 싫어했지만 지금 생각하면 그 아버지의 '먹고사는 일'은 얼마나 단순하고 숭고한가.

앨범의 다음 장을 넘기면 다섯 살쯤 되어 보이는 내가 아버지의 안짱다리 위에 앉아 있는 사진이 보인다. 아마 유리문 집의 다음 집이었던 것 같다. 조금 형편이 폈는지 어쨌는지 두 사람 뒤편으로 보이는 살림살이가 그나마 그럴듯해 보였다. 일단 가장 눈에 띄는 건 텔레비전이다. 크지는 않지만 분명 당시 흔치 않았던 텔레비전이 떡하니 버티고 있었다. 물론 그땐 집에서 가장 값나가는 물건이기에 텔레비전은 항상 가장 좋은 자리에 있었고 보지 않을 땐 닫아두라고 양쪽으로 여닫이문이 달려 있었다. 그 텔레비전의 기세만큼이나 당당한 아버지의 표정이 만만치 않다. 자신감으로 꽉 찬 눈빛과 꾹 다문 입은 '내 식구들은 내가 건사한다.'라고 말하는 것 같다.

아버지의 책임감 있는 표정

어릴 적 추억이 담긴 유리문 집

그대, 아버지라는 이름으로

그다음 집은 분명히 기억난다. 사진을 보지 않아도 알 수 있다. 긴 내리막 골목을 낀 단독주택이었다. 처음엔 그 집의 한쪽 구석에 세 들어 살았다. 아직 집을 살 수준은 아니었는지 기억이 나질 않지만, 분명 부엌 딸린 작은 방 한 칸을 빌려 살았던 기억이 있다. 당시 네 식구였는데, 어머니는 곧 동생을 임신했다. 다섯 식구가 단칸방엔 안 되겠다 싶었는지 주인댁을 통째로 사기로 했다. 세 들어 사는 주제에 그 큰집을 갑자기 사겠다고 덤비니 주인이 펄쩍 뛸 만한데 어떤 사정이 있었는지 모르겠지만 일사천리로 계약이 진행되어 집을 사게 되었다.

어머니가 셋째를 낳으러 간다며 집을 나서는 모습을 나는 아직도 기억한다. 그리고 동생을 데리고 넓어진 집으로 들어오는 그 모습도 생생하다. 아버지는 그 집을 산 것이 무척 뿌듯해했다. 집이 넓어져서일까 이래저래 손님들도 많이 찾아왔던 것 같다. 아니면 그땐 다들 그렇게 누구의 집에 모여서 먹고 마시고 떠들던 시대였을지도. 시끌벅적한 시기였다.

그 집으로 들어오는 긴 내리막 골목은 참 묘했다. 물론 지금 생각해 보면 주택으론 그리 좋은 조건이 아니었다. 아무래도 비가 많이 오면 물이 고이기 십상이고 지대가 낮으면 내려다보이는 구조기 때문에 여러모로 불편했다. 하지만 아이들에겐 최고였다. 일단 눈 오는 날 미끄럼 타기 최고였다. 꽁꽁 언 집 안 미끄럼틀은 동네 꼬마들에게 인기 만점이었다. 눈만 오면 너도나도 모여 비료 포장지를 깔고 앉아 미끄럼틀을 탔다. 나는 맘에 들지 않는 녀석들을 눈여겨봐 두었다가 그럴 때 꼭 페널티를 주었다.

"넌 타지 마!"

아무리 말썽꾸러기 싸움꾼 녀석들도 그 말 한마디면 얌전해졌다. 아버지가 산 집을 우리 가족은 참 좋아했다.

아버지가 장사를 시작하면서 우리 가족은 장사하는 곳에 거처를 함께 마련해 살게 되었다. 밑천이 모자란 장사를 시작하려니 당연히 그럴 만했다. 게다가 아침 새벽부터 밤늦도록 하루 종일 장사를 해야 하므로 집이 곧 가게였던 게 무척 효율적이었다. 그런데 문제는 업종이었다. 당시 아버지는 화원을 개업했다. 여러 농장에서 꽃과 나무를 떼서 가게로 가져와 팔아서 이윤을 남기는 사업이었다. 화원이었기에 당연히 집은, 아니 가게는 식물로 가득했다. 사실 가게 자체가 비닐하우스 형식이었다. 살기에 아주 좋은 환경이 아니었다. 우선 너무 약했다. 태풍이 오면 집 전체가 들썩거렸다. 아버지는 비바람에 몇 번이나 우비를 입고 나가 이곳저곳 고쳐야 했다. 쥐들도 많았다. 눈에 보이는 쥐들은 오히려 다행이었다. 덫을 넣고 잡을 수도 있었기 때문이다. 하지만 눈에 보이지 않는 쥐들은 천정이며 구석구석을 제집처럼 드나들었다. 천정에서 쥐가 후다닥거리는 소리를 들으며 잠을 청해야 했다. 물론 아버지는 쥐를 잡는 데도 진심이었다. 온갖 방법으로 쥐를 잡았다. 덫의 종류도 많았다. 쥐약도 쳤다. 죽은 쥐를 들고 나가는 아버지를 보면, 지금은 쥐 잡을 일이 없어서 쥐를 못 잡는 내가 한심하기도 하고 다행스럽기도 하다.

그다음 집은 좀 나았다. 하지만 이번에도 장사하는 가게에 딸린 집인 건 마찬가지였다. 주유소의 2층에 살림집을 만들었다. 하지만 원래 집의 용도와 다른 게 장사하는 공간이 아닌가. 여기저기 집으로선 모자란 징후들이 보이기 시작했다. 우선 한기였다. 단열이 문제였다. 영업용으로 짓다 보니 단열에 너무 신경을 쓰지 않았다. 겨울이면 보일러를 켜도 추웠고 두꺼운 이불을 덮고 자도 코끝이 빨갛게 시렸던 기억이 난다.

나는 대학에 다니면서 그 집에서 나오게 되었다. 하지만 아버지는 그 후로도 꽤 오래 그 집에 살았다. 나는 대학을 졸업하고 몇 년에 걸쳐 준비한 끝에 힘들게 직장에 들어갔다. 아버지는 계속 그 집에 살았다. 나는 직장에 들어가서 펑펑 놀다가 뒤늦게 결혼했다. 그리고 다시 쉽지 않게 아이를 가지고 낳게 되었다. 나는 아버지가 마련한 임대용 건물의 한 칸에 신혼집을 차리고 살았다. 좋은 집은 아니었지만, 세 식구가 살기엔 좁지 않은 방 2개짜리 집이었다. 아버지는 계속 그 집에 살았다. 그 집은 여전히 추웠고 우리 가족이 아버지의 집에 간 날은 부모님이 안방을 내어 주었다. 갓난아이가 있으니, 조금이라도 따뜻한 곳에서 쉬라는 배려였다. 그리고 우리가 다음 날 아버지가 제공한 신혼집으로 돌아가면 부모님은 다시 안방으로 옮겼다. 나는 한편으론 죄송했고 한 편으론 답답했다.

나는 둘째가 생기면서 결심했다. 더 이상 이렇게 살면 안 되겠다 싶었다. 관심 없던 내 집 장만에 뛰어들었다. 있는 돈 없는 돈 다 끌어모으고 퇴직금을 정산해 받고, 이곳저곳에서 도움을 받아 집을 마련했다. 꽤 좋은 위치의 비싼 아파트였다. 주변에선 만류했다. 너무 비싸고 우리 처지에 맞지 않다고 했다. 하지만 아이가 둘이 되면서 나는 꼭 좋은 집을 마련해야 한다고 생각했다. 따뜻하고 좋은 환경에 주변에 좋은 학교가 있는 곳을 미리 마련해야겠다는 결심이 들었다. 무리했지만 우리는 그렇게 첫 집을 마련했다. 그때 아버지가 집을 사는 데 보태라고 적지 않은 돈을 주셨다. 나는 거절하지 못하고 받았다. 부모님은 아직 그 집에 살고 있었다.

다행히 그 후로 일이 잘 풀렸다. 우리 네 식구는 그 집에 만족하며 살고 있었고 부모님도 사업의 큰 산을 넘어 오랫동안 거주했던 가겟집 2층에서 벗어났다. 그리고 경치 좋은 곳에 새집을 사 들어갔다. 나는 꿈만 같았다. 부모님이 새집에 있는 모습이 낯설고 이상했지만, 그리고 내가 도움을 드리진 못했지만, 이보다 좋을 수 없었다.

그로부터 또 몇 년, 좋은 일도 있었고 나쁜 일도 있었다. 아이들은 잘 자라 주었고 부모님도 아직은 건강하시니 그만하면 나쁘지 않은 일상이다. 그런데 이제 나는 욕심이 생겼다. 집을 짓고 싶었다. 사실 집을 짓는 건 내 오랜 소망이다. 나는 어렸을 때부터 꼭 우리 가족을 위한 집을 짓기를 꿈꿨다. 좋은 집, 화려한 집, 비싼 집이 아니라 우리 가족이 행복한 시간을 보내기에, 충분한 집이면 됐다. 사실 지금, 이 순간도 그 꿈을 이루진 못했지만 매일 꿈꾸고 있다.

그리고 이런 생각이 들었다. '언젠간 그 집에 아버지가 와서 살아야 하지 않을까?' 만약에 꼭 살지 않더라도 '아버지를 위한 공간이 있어야 하는 것 아닐까?'라는 데 생각이 미치기 시작했다. '아버지라고 자기 집을 지어서 편하게 살고 싶진 않았겠나?' 당연히 그랬을 것이다. 다만 사정이 그렇지 못했을 것이다. 자식들 뒷바라지하느라….

그걸 깨닫는 순간, 나는 머릴 한 대 얻어맞은 것처럼 멍해졌다. 한 번 불평 없이 묵묵히 자신의 집을 옮겨 다니며 식구들을 위해 한평생 살아온 아버지. 정작 자기 자신을 위한 공간을 한 칸 마련하지 못하고 여기까지 왔다. 나는 그런 아버지를 닮지 않기 위해 발버둥 치며 살고 있진 않은가? 그 고생스러운 모습을 닮고 싶지 않기 때문에.

난 새로 지을 집에 아버지가 앉을 의자를 놓을 공간을 생각한다. 거기서 손주들과 조용히 시간을 보낼 수 있는 작은 공간을 상상한다. 그리고 이제는 다 큰 아들과 가끔은 소주 한잔을 기울일 수 있는 공간을 그려본다. 생각해 보면 아버지의 집은 없었다. 모두 우리들의 집이었다. 이제 아버지의 집을 돌려주고 싶다.

7

행복을 만드는 루틴법칙

    나는 아버지처럼 성실한 사람을 지금까지도 본 적이 없다. 일단 나는 아버지가 늦잠을 자는 것을 본 적이 거의 없다. 아무리 전날 일이 힘들어도 아침 5시 반이면 일어나서 일터로 나간다. 1년 365일 그렇다. 신기한 일이었다. '아버지는 일하러 나가는 걸 좋아하는 걸까?'라고 생각한 적도 많았다. 당신은 술도 즐기셨는데 아무리 술을 많이 드셔도 다음 날 새벽에 같은 시간에 일어나 일을 하러 나가셨다.

    세상에 가장 강한 사람은 어떤 일에 뛰어난 사람도 아니고, 어떤 일을 즐기는 사람도 아니다. 그 일을 매일 거르지 않고 꾸준히 하는 사람이다. 결국 그만두면 모든 게 끝나기 때문이다. 예전에는 개근상을 주는 것이 참 이상했다. 공부를 잘하는 학생이 우등상을 받는 건 당연하지만 개근상은 어찌 보면 너무나 당연한 행위에 대한 보상처럼 보였다. 학생이 학교에 나가는 건 당연한 거 아닌가? 하지만 역시 돌아보면 6년 연속 개근상을 받는 초등학생도 참 대단하다는 생각이 든다. 그런데 아버지는 지금까지 결혼해서 45년간 개근상을 받고 있다. 나도 아버지가 되니 아버지의 성실함은 도대체 어디에서 오는 것인지 궁금해지기 시작했다. 그러다 얼마 전 작은 실마리를 발견했다.

지난 초여름이었다. 아버지가 닭을 잡는 날이라고 하며 백숙을 해 먹자고 한다. 음력 6월 언제는 닭을 먹는다는 것이다. 다소 의아했던 게 초복, 중복, 말복 등 전통적으로 닭을 먹는 날들이 있는데 굳이 다른 날에 또 닭을 먹어야 하나라는 것이었다. 그래서 아버지에게 물어보니 이렇게 말씀하신다.

"네 할아버지, 할머니가 살아계실 때 꼭 음력 6월 그날은 닭을 잡아 아이들과 함께 나눠 먹었다. 그래야 몸도 허하지 않고 여름도 잘 난다고 하면서."

아버지는 8남매의 대가족이었다. 풍족하지 않은 살림에 먹을 것이 넉넉했을 리가 없다. 그래서 오히려 그렇게 일부러 꼭 챙겨 먹는 날을 만들어 평상시 충분치 못했던 영양을 보충하는 기회를 만들었다는 것이다. 일면 맞는 말이다 하다가, '아! 바로 이거구나.' 싶었다.

일상에서의 자신들에게 맞는 루틴을 만들어내는 것이 장기전에서 승리하는 것이다! 예를 들어보자. 열심히 살다 보니 음력 6월 그날이 다음 주로 다가온다. 그럼 '어, 벌써 6월이네. 닭을 준비해야겠구나. 이번에는 어디서 구해다 어떻게 해서 먹으면 좋을까? 작년에는 둘째가 참 잘 먹었는데.' 뭐 이런 식으로 생각의 바퀴가 굴러갈 것이다. 그런 생각을 하다 보면 일상의 무거움, 고됨 같은 것들이 조금은 무뎌지고, 그 행복한 상상에 다다르면 그것이 바로 다음 단계로 갈 에너지처럼 작용하는 셈이다. 그렇게 루틴들은 만들어지고 그 루틴이 우리를 앞으로 나아가게 하는 것이다.

이른 봄이 되니 마트에서 파는 것 말고 땅에서 솟은 냉이로 된장국을 끓여 볼까? 여름이 오니 시원하게 물에 발을 담그고 냇가 평상에 누워 낮잠을 잔다. 가을이 오면 꼭 초등학교 동창들을 만나 근교로 1박2일 짧은 여행을 다녀온다. 겨울이 오기 전에 감을 따서 상하지 않게 보관해 친척들에게 조금씩 나눠준다. 뭐 이런 식이다. 거창하지 않은 작은 자신들의 루틴이 성실하게 살 수 있도록 도와주는 도구가 되는 것.

일본의 대작가 무라카미 하루키는 성실함으론 타의 추종을 불허한다. 그는 『직업으로서의 소설가』에서 다음과 같이 적었다.

리듬이 흐트러지지 않게 다가오는 날들을 하루하루 꾸준히 끌어당겨 자꾸자꾸 뒤로 보내는 수밖에 없습니다. 그렇게 묵묵히 계속하다 보면 어느 순간 내 안에서 '뭔가'가 일어납니다. 하지만 그것이 일어나기까지 어느 정도 시간이 걸립니다. 당신은 그것을 참을성 있게 기다려야 합니다. 하루는 어디까지나 하루씩입니다. 한꺼번에 몰아 이틀 사흘씩 해치울 수는 없습니다. 그런 작업을, 인내심을 갖고 꼬박꼬박 해나가기 위해서는 무엇이 필요한가. 말할 것도 없이 지속력입니다.

나는 올해 15년째 같은 직장을 다니고 있다. 생각보다 부침이 없이, 별 큰 위기 없이 지금에 이르고 있다. 어찌 보면 참 감사한 일이다. 하루 앞도 모르는 것이 사람 사는 것인데 그 속에서 이렇게 무사히, 그리고 나름 행복하게 회사 생활을 하고 있다는 것은 분명 축복받은 일이다. 한 10년 전인가, 회사 선배가 직장생활이 어떤지 물어 본 적이 있다.

"자네는 회사 생활이 어때?"
"네? 좋죠."
"정말? 정말 좋아?"
"네! 전 이 직업이 아니었으면 뭘 했을까 싶어요."
"그래?!"
"네, 다른 일 한다면 재미없었을 것 같아요, 천직인가 봐요."
선배는 놀란 입을 다물지 못하며 말했다.
"정말 좋겠다! 부럽다!"

나는 그때 선배의 반응이 의외라 지금도 기억에 남는데 이렇게 문자로 옮기고 보니 선배가 왜 그런 반응을 보였는지 알 것도 같다. 이 세상에 자신이 하는 일을 정말 좋아서 한다는 사람이 별로 없다. 특히 직장인들은 그렇다. '먹고살려고' 하는 일이지 누가 회사에 '좋아서' 다니냐라는 것이 대부분의 반응이다.

하지만 나는 달랐다. 물론 다행스럽게도 내가 하고 싶은 일, 들어가고 싶어 했던 회사에 들어간 것이다. 억지로 시작한 일이 아니었다. 하지만 우리 회사는 모두에게 선망받았던 편이어서 누구에게나 좋은 직장이기도 했을 것이다. 사회적인 지위나 임금 면에서 나쁘지 않았기 때문이다. 그렇다면 그 선배와 나의 차이는 어디에서 오는 것일까?

나는 아버지에게 오랫동안 배워 온몸에 밴 루틴의 법칙을 나도 모르게 따라 했던 건 아닐지 생각한다. 아버지가 아침에 일어나듯이, 기꺼운 마음으로 외투를 걸치고 되도록 가벼운 발걸음으로 대문 밖을 나서듯이, 힘든 일을 마치고 아이들이 좋아하는 음식을 손에 들고 다시 집으로 들어오듯이, 아이들과 함께 웃고 잠들며 한 편으로 오늘에 감사한 마음을 가지듯이.

나는 그 오래된 반복의 힘이 결국 우리 가족의 오늘을 만들었다고 믿게 되었다. 작은 루틴들을 만들면서 오늘을 밀어내고 내일로 가는 것. 무라카미 하루키가 말했던 지속력은 결국 어떻게 루틴을 만들어 내고 그것을 실천하느냐의 문제인 셈이다. 내가 내 가족을 일구고 나의 일터에 나아가는 것이 결코 별일이 아닌 것이 아니라는 걸 깨달으면서, 나는 아버지를 다시 보게 되었다. 그리고 아버지가 그다음 루틴— 혹은 작은 행복의 장치라고 불러도 좋겠다. – 그 루틴들을 혼자 떠올리는 장면을 상상해 보게 되었다. 그것만큼 강한 일상이 있을까? 그것만큼 소중한 다짐이 있을까?

8

아버지의 이름에서 가족이라는 이름으로

　나는 아버지가 되어서 아버지를 이해하게 되었다는 너무나 평범한 이야기를 하고 싶진 않다. 물론 실제로 그렇긴 하다. 하지만 아버지를 그렇게 바라보는 관점에 대해서는 벗어나고 싶다. 왜냐하면 아버지도 한 인간이고, 인간은 누구나 죽을 때까지 완벽하지 못하고 매일 배워나가는 존재이기 때문이다. 그래서 나는 아버지를 하나의 완전체로 가족에 군림하는 게 아니라 함께 나이에 상관없이 매일 성장해 가는 존재로 다시 인식하고 있다. 또 많은 사람도 그렇게 인식하길 바라고 있다. 그것이 어찌 보면 이 세상 모든 아버지를 조금 더 자유롭게 해 주는 게 아닐까라고 (물론 혼자만) 생각하고 있다.

　내가 아버지가 되어서 힘든 것이 그때 아버지가 힘들었던 것이구나 생각하면 약간 미안한 마음이 생기면서 아버지를 동정하게 된다. '얼마나 힘들었을까?' 하면서. 하지만 지금도 아버지에겐 힘든 짐을 지우고 있는 나를 보면 그렇게 감상에만 빠져 있을 때가 아니라는 생각이 드는 요즘이다. 예전처럼 나의 생계에 대한 짐은 아니겠지만 나이가 들면 드는 대로 자식은 또 아버지에게 짐이 되는 것은 마찬가지다. 가족은 그렇게 어쩔 수 없이 쭉— 함께 힘들게 앞으로 나아가야 하는 운명의 공동체인 것이다. 얼마 전 아버지에게 전화 한 통을 받았다.

"엄마에게 전화 좀 해라."

"왜요?"

"엄마와 낼모레 동창 모임 부부 동반 여행을 가야 하는데…."

"그런데요?"

"거기 내 친구 녀석 중 하나가 마음에 들지 않는다고 안 간대."

"…."

"미리 표도 다 받아 놨고 꼭 가야 하는데 말을 듣지 않잖아."

나는 이 전화 한 통으로 좀 많이 놀랐는데 그다음의 사고의 흐름은 다음과 같다.

1. 예전 같았으면 아버지는 혼자 가든가 끌고 간다.
2. 이런 일로 전화를 하는 건 상상도 못 했던 일이다.

3. 어머니를 설득하지 못해서 아들에게 전화하는 아버지의 모습이 낯

설다.

4. 이게 나의 아버지였나?

5. 무슨 일 있나?

6. 엄마는 갑자기 말년에 강해졌나?

7. 전화해서 도대체 뭐라고 할 것인가?

결국 어머니가 백번 양보해 여행을 가는 것으로 마무리되었지만 이 사건은 내가 아버지라는 존재를 다시 보게 된 계기이기도 하다. 아버지는 여전히, 50년 전이나 지금이나 발버둥 치고 있다. 지금도. 그것을 절대 잊어서는 안 된다.

나는 어떤 아버지가 될 것인가에 대해서 생각하고 또 생각한다. 나는 8세, 6세인 아들 둘이 있다. 녀석들이 속 썩이면 힘들다가 잘 땐 그렇게 사랑스럽다. 그렇게 평범한 아버지와 아들 관계에 있다고 믿고 살고 있다. 그러다가 느닷없이 아이들이 '아빠 사랑해요.'라고 한마디 하면 마음이 깊은 곳이 뜨거워지는 나는 아직 그냥 초보 아빠인 듯하다. 이런 아이들에게 나는 도대체 어떤 아버지가 될 것이고, 또 되어야 하는가?

1. 친구 같은 아버지

2. 화내지 않는 아버지

3. 고민을 털어놓을 수 있는 아버지

4. 추억을 많이 만들어 주는 아버지

5. 함께 운동하고 악기를 연주하는 아버지

적어 놓고 보니 나의 결핍을 보는 것 같아 아찔하다. 결국 내가 가지지 못했던 것의 목록 아닌가? 한편으로 씁쓸하지만, 아무튼 위의 목록을 자세히 보면 결국 하나의 문장으로 요약되는 것을 느낄 수 있다. 아이와 함께 성장하는 아버지.

우리 시대의 아버지는 먹고사는 것이라는 지상 과제를 해결하기 위해 많은 것을 희생해야 했다. 물론 지금도 그렇지만 체감상으론 그때가 훨씬 더 심각한 문제였던 것 같다. 아버지는 시간이 정말 없었다. 1년 내내 일을 했고, 새벽에 나가 밤에 돌아왔다. 어머니도 바쁜 건 마찬가지다. 아이들과 함께하는 추억은 겨우 여름철 피서에 가 수박을 까먹는 일 정도고 그 중 아주 일부에 가족 앨범 한쪽에 사진으로 남아 있다. 그 사진첩을 앞에서부터 넘겨본다. 까까머리 중학생 아버지가 칠순이 되어 가족을 일구기까지의 사진들을 하나하나 새겨본다. 그 자체로 '아버지는 훌륭하다.'라고 누구나 생각할 것이다.

앨범을 덮고 생각해 보자. 우리는 아버지를 너무 아버지라는 이름에 가둬 온 것이 아닐까? 아버지는 이래야 하고 아버지는 그런 역할을 해야 한다. 그 울타리 안에서 그런 존재가 되는 것이 운명이며 그것을 벗어나는 것은 비도덕적이다. 이런 차원의 문제가 아니다. 아버지를 하나의 가족 구성원으로, 그리고 온전한 그리고 개성 있는 하나의 인격체로 존중해야 한다는 말이다. 아버지의 일탈이나 비도덕까지 옹호라는 것이 아니다. 다만 아버지라는 이름 대신, 그 아버지의 진짜 이름으로 그를 대하려 노력하는 자세에 대해 함께 생각해 보자는 것이다.

그렇게 보면 이제 아버지의 전화를 이해할 수 있게 된다. 아버지도 고민이 있고, 해결하지 못하는 것들이 있다. 그것을 해결하지 못한다고 지나칠 것이 아니라 함께 해결할 수 있도록 노력하면 되는 것이다. 결과적으로 실패한다고 하더라도 그것이 가족의 삶이며 인생이니까 우리는 그 안에서 서로 보듬으며 한 걸음 나아가면 되는 것이다. 그리고 삶의 무게에 대해서, 아버지라고 해서 온전히 그만의 몫으로 돌려선 안 된다는 것이다. 이제부터 이런 아버지의 전화를 받으면 놀란 티를 내면 안 된다. 안심시키고 다독여야 한다. 그것이 가족이다.

나는 요즘 처음으로 아이들과의 해외여행 계획을 세우고 있다. 여행의 목적 혹은 명분이야 많다. 그동안 한 번도 해외 가족여행을 못 갔다. 아이들에게 새로운 경험을 시켜주고 싶다. 애들 친구들이 다 가 봤단다. 최소한 우리 부부도 남들과 같은 보상이 필요하다 등등. 하지만 조금 다른 관점에서 보면 여행의 목적이 단순해진다. 바로 아이들과 함께 성장하기 위해서다. 아이들과 함께하는 경험 속에서 아이들은 물론 아버지도 성장한다. 아이들이 새로운 경험을 하면서 배우듯, 아버지 역시 그들과 하는 경험을 통해 배운다. 아직은 어린 아이들을 데리고 먼 길을 떠날 것이 두렵지만, 항상 지나고 보면 별일 아니라는 것도 사실이다. 그 새로운 경험과 성장이 주는 감동이 그 어떤 것보다 값지고 크기 때문이다.

이제, '아버지의 이름으로'라는 굴레에서 조금은 벗어나 가족이라는 이름으로 함께 새로운 인생을 시작해 보는 것은 어떨지 생각한다.

그대, 아버지라는 이름으로

두 번 째
최 영 신

천하무적 슈퍼맨이었던 아버지

1

우리 아버지는 슈퍼맨입니다

2013년부터 지금까지 사랑을 받는 프로그램이 있다. 공영방송에서 방영 중인 〈슈퍼맨이 돌아왔다〉라는 프로그램이다. 아이들이 태어나고, 그 아이들을 처음으로 마주하는 아버지들의 육아에 대해 다룬 내용이다. 어쩌면 우리 일상에서 볼 수 있는 아버지들의 다양한 모습을 볼 수 있는 프로그램이다. 아마 아이들의 눈에서 볼 때 아버지는 슈퍼맨이지 않을까? 우리 아버지도 그러했다.

어린 시절 나에게 아버지는 슈퍼맨이었다. 나는 '면' 단위의 작은 시골 마을에서 태어났다. 동네에 사는 이웃들은 다 가족 같았다. 숨김이 없이 서로의 삶을 다 보여주며 그렇게 살았다. 그러다 보니 우리 집의 옆집, 그리고 그 옆집의 옆집까지도 밥상에 숟가락을 몇 개 놓는지 알았다. 마을 사람들은 나의 어머니, 아버지를 영신이 어머니, 영신이 아버지라고 불렀으며, 우리 부모님들 또한 그들을 아무개 어머니 또는 아무개 아버지로 불렀다.

마을 사람들의 주거 형태는 주택이었다. 지금의 아파트처럼 관리인이 별도로 없고 집에 사는 본인들이 주거인이자 관리인이었다. 연령대를 보더라도 젊은 사람만큼이나 노인분들이 많았고 그분들은 집에 문제가 생기면 항상 아버지를 찾았다. 우리 아버지는 마을의 해결사였다. 작게는 전등이 나갔을 때부터 보일러가 작동되지 않을 때도 어르신들은 아버지를 찾았고, 아버지는 항상 그곳으로 향했다. 그래서 그런지 어디를 가더라도 어르신들은 항상 아버지를 칭찬했고, 나도 그러한 칭찬이 나쁘지 않았다. 그래서일까? 어린 시절 나의 눈에 아버지는 슈퍼맨이었다. 모든 것을 할 수 있고, 못 하는 것이 없었다. 나는 그런 아버지를 자랑스러워했고, 그의 아들인 것이 좋았다.

어린 시절 기억에 남는 것 중의 하나는 안방에 걸려 있던 아버지의 사진이었다. 커다란 소를 타고 있는 아버지의 사진이었는데, 마치 아버지 앞에서는 커다란 소도 한없이 작아 보였다. 집에 친구들이 놀러 오면 항상 안방으로 가서 그 사진을 보여주곤 했다. 나는 신이 나서 아버지에 관해 설명했고, 친구들은 나의 이야기를 듣고 눈이 동그래지며 놀랐다. 나는 그걸 지켜보며 뿌듯함을 느꼈다.

아버지는 달리기도 잘 뛴다고 했다. 하루는 앨범을 뒤적이다 상장을 하나 발견했는데 '마라톤 우승'이라고 적혀 있었다. 지역에서 주최한 일

반인 대상 마라톤에서 상을 탄 것이라고 했다. 아버지는 힘도 셌다. 마당
에 커다란 역기가 있었는데 아버지는 손쉽게 그걸 들곤 했다. 나에겐 안
간힘을 써도 미동조차 하지 않았던 무게였다. 아버지는 커다란 소도 강
아지 다루듯 하며 달리기도 잘 뛰는 그런 슈퍼맨이었다. 하지만 아버지
는 바쁘셨다. 나는 아버지랑 놀고 싶었지만, 그런 시간이 많지 않았다.
마을의 대부분 사람은 생계 수단이 농업이었다. 그래서 바쁜 시기에는
바빴지만, 날씨가 좋지 않거나 모종을 심거나 수확하지 않는 시기에는
여유도 느낄 수가 있었다. 그럴 때마다 친구들은 아버지와 놀러 다니곤
했다. 하지만 우리 집은 농사를 짓지 않았다. 집 앞마당에 식구들이 먹을
정도 소량의 채소만 심고 관리했다. 생계 수단이 아니라 그냥 먹기 위해
관리하다 보니 대부분 어머니가 관리했다. 아버지는 1990년도 후반부터
태양열 보일러와 지붕개량 사업을 했다. 어느 순간부터는 출근하는 사무
실도 2개 이상 되었던 것 같다. 당시 초등학생이었던 나는 학교를 마치
고 아버지를 보러 가곤 했는데, 아버지는 바빠서 나에게 시간을 내줄 수
가 없었다. 사무실에 잠깐 앉아서 기다리라고 했고 그런 나를 직원분들
이 놀아주었다.

소를 타고 계신 아버지

　당시에는 주 5일제 개념이 없었기 때문에 월요일부터 토요일까지 일을 하셨고, 그나마 쉬는 날인 일요일은 가족이 모두 교회를 가야 했다. 아침 예배를 시작으로 점심까지 먹고, 소모임을 하고 잠시 쉬다 보면 또 저녁 예배를 가야 했다. 그렇게 일요일이 끝났다. 그리고 다시 월요일이 되면 아버지는 일하러 갔다.

아버지는 퇴근 시간도 정해져 있지 않았다. 정확한 시간은 기억나진 않지만 잠을 자야 할 때쯤 왔던 것으로 기억난다. 아마 저녁 8~9시경이 아니었을까? 어머니, 누나와 밥을 먹고 시간을 보내고 어둠이 찾아오면 자동차 소리와 철로 되어 있는 대문 열리는 소리가 들리곤 했다. 나는 그 소리를 들으면 "아버지다!" 하고 마당에 뛰어나갔다. 피곤한 기색이 역력했지만 웃으며 아버지는 나를 안아주었고, 레슬링과 팔씨름 등 몸으로 몇 번 놀다 보면 아버지는 잠들었다. 나는 아버지가 일하지 않고 집에서 놀아줬으면 좋겠다고 생각했다. 그때는 그랬다. 경제적 관념이 전혀 없던 어린 시절이었다. 아버지가 열심히 일해서 번 돈으로 맛있는 것도 먹고 옷도 사고 하는 것을 은연중에는 알고 있었지만, 그런 것이 없어도 좋으니 그냥 아버지랑 놀고 싶었다. 내 우선순위는 의식주가 아니라 그냥 아버지와의 시간을 갖는 것이었다. 일을 더 열심히 더 많이 해서 돈을 벌어야 한다는 아버지의 입장을 전혀 공감할 수 없었다.

그래서인지 일을 마치고 피곤해 보이는 아버지에게 더욱더 매달렸던 거 같다. 마치 더 힘들게 매달리고 놀다 보면 피곤해서 내일은 일하러 가지 않을 수도 있지 않을까? 라는 생각도 했다. 피곤할 때 놀아 달라고 하는 나의 투정에 아버지는 무거운 눈꺼풀로 답을 대신했다. 간혹 앉아 있다가 꾸벅꾸벅 조는 아버지의 모습을 보곤 하였는데, "매우 피곤하셨구나."라고 생각하기보다는 "아빠 왜 졸고 있어!"라고 하며 더 매달렸다. 그저 어린 아들이라는 것을 핑계 삼아 아버지를 더 괴롭혔다. 나에게 있어 아버지라는 존재는 가장 존경하는 분이면서 밤늦게까지 놀 수 있는 가장 친한 친구였다.

　어느 날 아버지에게 파스 냄새가 났다. 그리고 팔과 손등에 못 보던 상처도 보였다. "아버지 괜찮아?"라고 하며 후후 소리를 내며 불어주었다. 괜찮아 보이지 않았다. 하지만 아버지는 괜찮다고 했다. 상처뿐이 아니었다. 허리도 안 좋았다. 앉거나 일어설 때 '아이고'라는 말씀을 항상 하셨고, 누나와 번갈아 가며 아버지 등에 올라타서 발로 꾹꾹 눌렀던 것이 기억난다. 철이 없던 나는 그마저도 귀찮아서 대충 몇 번 밟고 "됐지?"라고 하며 말았다. 그렇게 힘들지도 않는데 그냥 귀찮았던 것 같다. 삶의 무게를 가족이, 자녀가 풀어주었으면 더 가벼워졌을 텐데 그러지 못했다. 영양제 하나 먹지 않고 노동에 가까운 일을 하던 아버지가 나는 강하다고 생각했다. 슈퍼맨이었다. 하지만 강하게 보이기 위해, 약한 모습 보여주지 않기 위해 그러셨던 것 같다고 생각한다. 아버지에게 눈꺼풀의 무게는 삶의 무게였다. 그 무게가 어느 정도인지 알 수 없었다. 하지만 작지 않다는 것 정도는 알고 있었다. 어쩌면 나 때문에 더 힘들었던 건 아닐까? 그 당시를 되돌아 생각해 보니 깨닫게 되었다. 아버지가 느꼈던 삶의 무게는 내가 아니었을까?

2

평범함이 기적임을 깨닫다

아버지는 주변 사람들에게 평이 좋았다. 무슨 일이라도 생기면 항상 자기 일처럼 달려가 관여하고 처리해 주셨고, 그런 모습이 쌓이고 쌓여 '성실한 사람', '착실한 사람'으로 불리셨다. 아버지 지인들이나 마을 사람들을 마주칠 때마다 그런 아버지의 평을 다시 한번 느낄 수가 있었다. 하지만 우리 집에서는 아니었다. 가족보다는 지인과 이웃들을 먼저 챙기는 것에 대해 어머니는 불만이 쌓일 대로 쌓여 있으셨다. 하나의 예로 집에 좋은 선물(어린 시절 내 기억으로는 직접 채취한 꿀, 인삼, 도라지, 고기 등이 있었던 것 같다.)이 들어오면 다음 날 사라졌다. 아버지는 다시 새것처럼 잘 포장해서 주변 사람들에게 다시 나누어 주었다. 그래서 좋은 선물이 들어오더라도 집에서는 그림의 떡이었다. 그런 아버지에게 어머니는 매번 잔소리했다. 하지만 아버지는 강심장이었다. 아랑곳하지 않고 선물 들어온 다음 날이면 또 주변 사람들에게 나누어주었다. 그런 경험 탓인지 지금도 어머니는 집에 선물이 들어오게 되면 누구에게 주지 못하도록 바로 뜯어서 사용하신다.

　여기까지만 했다면 다행이지 않았을까 싶다. 문제는 선물을 주는 데서 그치지 않았다. 아버지는 돈을 빌려주는 것도 서슴지 않았다. 주변에서 어렵다고 찾아오거나 전화가 오면 자신이 가진 것을 빌려주었고, 돈이 없으면 대출을 받아서라도 빌려주었다. 거기서 끝이 아니었다. 보증도 섰다. 그 당시 아버지는 돈을 잘 벌었다. 그래서 돈을 빌려주고 보증을 서더라도 감당할 자신이 있으셨던 것 같다. 그리고 무엇보다 돈보다 사람 관계를 중요시했고 사람에 대한 믿음이 강했다.

　아버지의 믿음대로만 되었다면 얼마나 좋았을까. 2003년, 외환 위기와 동시에 사업에 어려움이 발생했다. 아버지를 칭찬하며 최고라 했던 사람들도 하나둘씩 사라지거나 연락이 되지 않았다. 아버지는 그래도 긍정적이었던 것 같다. '다시 시작하면 되지.'라는 생각을 가지셨다. 항상 가족들 앞에서는 웃음을 잃지 않았고, "다 잘될 거야."라고 자신 있게 말씀하시곤 했다. 그러던 어느 날 아침, 뉴스를 보며 가족끼리 아침을 먹고 있었는데 갑자기 아버지 표정이 일그러지셨다. 다급함이 보였고, 숟가락을 내려놓고 뛰쳐나가셨다.

　뉴스에서는 '다단계 사기 일당 검거'에 대한 내용이 보도되고 있었다. 걱정된 엄마는 아버지에게 전화했는데 전화 연결이 되지 않았다. 뒤늦게 알게 된 사실은 아버지가 주변 사람들의 말과 권유에 더 큰돈을 벌어보시겠다며 다단계 판매업도 발을 들이셨던 것이었다.

해가 지고 늦은 저녁 시간이 돼서야 아버지는 집에 돌아오셨다. 어깨가 축 처져 있었다. 표정도 좋지 않았다. 아침에 면도할 시간도 없이 급하게 나가셨다가 돌아와서 그런지 수염도 꽤 자라 있었다. 평소 자기 관리에 철저하셨던 분이라 면도를 거르는 일이 없었는데 삐죽삐죽 자란 수염이 왠지 낯설었다. 평소와 같으면 놀아 달라고 몸싸움이라도 걸었을 텐데 그러면 안 될 것만 같았다. 어린 나이의 철없는 아들이었지만 아버지의 기분이 안 좋다는 것을, 슬프다는 것을 느낄 수가 있었다. 아버지는 더 열심히 일했다. 평소보다 일하는 시간이 더 많아졌다. 자연스럽게 퇴근 시간도 늦어지고 얼굴 보기가 더 힘들어졌다. 아버지와 같이 보내는 시간이 줄어들었다. 일요일 교회 가는 시간 외에는 아버지와 이야기할 수 있는 시간도 없었다. 아마 어떻게 해서든 빨리 수습하고 싶으셨던 것 같다.

그리고 그 방법은 더 열심히 일하는 거 외에는 없었다. 집에서 어머니와 보내는 시간이 많아졌다. 하지만 아버지랑 노는 것처럼 어머니와 놀 수는 없었다. 저녁의 잠깐이었지만 아버지와 놀던 시간이 소중했음을 다시 한번 느꼈다.

'따르릉따르릉!' 집 전화가 울렸다.

자연스럽게 어머니가 전화를 받았고, 전화를 받은 어머니의 눈동자가 커졌다. "네? 뭐라고요?" 어머니는 되묻고 수화기를 내려놓았다. 아버지가 사고가 났고 구급차를 타고 응급실로 이동 중이라는 내용이었다. 당시 아버지는 지붕개량 공사도 진행하셨고, 안전이 확보되지 않은 상황에서 지붕에 올라가 작업을 확인하는 과정에서 발을 헛디뎌서 2층 높이 지붕에서 떨어진 것이다. 전화해 주신 분의 말로는 머리를 많이 다쳤다고 했다.

사람이 높은 곳에서 떨어지면 다리부터 떨어지는 것이 일반적인데, 잠자는 시간도 줄여가며 일에 매진했던 아버지는 아마 컨디션도 좋지 않은 상황에서 일하셨을 것이고, 그래서 더 크게 다친 것이라 했다. 어머니와 누나, 그리고 나는 병원으로 이동했다. 중환자실에 누워있는 아버지를 봤다. 믿기지 않았다. 엄청 거대하신 분인데 한없이 작은 모습으로 누워계셨다. 피투성이가 된 옷, 하얀색 붕대로 감겨 있는 머리와 몸, 그리고…. 그사이에 삐져나온 손이 보였다. 손등에 상처가 보였다. 이전에 다친 거 같은데…. 아직도 아물지 않아 보였다. 현재는 의식이 없고, 경과를 봐야 한다고 했다.

설상가상(雪上加霜)이라는 말이 있다. 눈 위에 서리까지 덮인다는 말로, 어려운 일이나 불행이 겹쳐서 일어난다는 뜻이다. 어르신들이 옛말 틀린 거 하나 없다고 입버릇처럼 말씀하시곤 했는데 그 말이 떠올랐다. 인생의 법칙처럼 왜 안 좋은 일은 한 번에 몰아서 일어나는 것인가. 신이 원망스러웠다. 잘되게 해달라는 것도 아니고, 그저 평범하게 살고 싶은 게 다인데 평범하게 산다는 것이 왜 이렇게 어렵고 힘든 것인지 알 수가 없었다. 가족과 보내는 시간마저 줄이면서 일주일에 한 번 쉬는 휴일에 교회에 나가 열심히 기도했던 아버지도 미웠고, 그러한 정성을 알아주지 못하고 이런 시련을 주는 하나님도 미웠다.

하지만 의지할 곳이 없었다. 정말 밉고 원망스럽지만, 그런 하나님을 다시 붙잡고 기도할 수밖에 없었다. "우리 아버지 살려주세요…. 제발요." 간절함이 통했던 것일까. 일주일 정도가 지나고 아버지는 깨어났다. 갈비뼈가 골절되어 거동은 불가하지만, 의식은 돌아왔고 어려운 고비를 넘겼기 때문에 시간이 지나면 일어설 수도 있다고 했다. 원망이 감사로 바뀌었다.

평범함은 기적이다. 우리가 숨 쉬는 것, 먹는 것, 자는 것, 다시 일어나서 활동하는 것 모두가 다 기적이다. 살아가면서 평범하다고 생각해 왔던 이 모든 것이 우리 일상에서 지금, 이 순간에도 일어나고 있고, 우리는 매일 기적을 경험하는 것이다. 평범함의 위대함에 대해 다시 한번 깨닫게 되었다. 그리고 감사할 줄 아는 마음을 갖게 되었다. 아버지가 일어나기만을 바랐던 철없는 아들의 기도는 가정의 평범함이라는 기적으로 다가왔다.

3

애증 관계에서 '증'이 많았던 부자 사이

집안의 가세가 기울었다. 아버지의 사업은 더 어려워졌고, 아버지는 머리를 다쳐서 한동안 병원 신세를 져야만 했다. 사고 싶었던 것도 많고, 먹고 싶은 것도 많았다. 하지만 그런 이야기를 할 수가 없었다. 집에서 유일하게 경제적인 활동을 하는 것이 아버지였는데 그런 아버지가 누워 계시니 집안에 수익도 있을 리 만무했다. 이런 집안의 사정은 식탁 위에서 먼저 확인할 수 있었다. 한참 고기, 햄 등을 좋아할 나이였는데 매일 똑같이 올라오는 김치와 나물이 너무 싫었다. 하루는 라면이 너무 먹고 싶어서 어머니에게 돈을 달라고 했다. "나 라면 먹고 싶어. 돈 좀 줘!" 어머니는 몸에도 좋지 않은 거 왜 먹냐고 하시면서, 입고 있던 바지의 오른쪽과 왼쪽 주머니를 뒤졌다. 주머니에 들어갔던 손에서 동전이 한 움큼 나왔다. 50원짜리…. 10원짜리…. 어머니는 동전 하나하나 세어가며 라면값만큼 주려고 하셨다.

손에 움켜쥔 작은 동전을 세는 어머니의 모습, 그리고 입맛 없다며 물에 밥을 말아 드시던 어머니의 밥그릇이 보였다. 속상했다. 그 돈을 받아 라면을 사 먹고 싶지 않았다. "아 됐어! 그냥 안 먹을래!" 나는 밥도 먹지 않고, 어머니 손에 움켜쥔 동전도 외면한 채 집을 나왔다.

아버지는 다행히 상태가 호전되어 일정 기간이 지나고 퇴원하셨다. 하지만 머리를 다치셨기 때문에 안정을 취해야 했다. 현장에서 일할 수밖에 없는 직업 특성상 현장을 나가는 것도 사실 어려웠다. 아버지는 H 자동차에서 출시된 지 얼마 안 된 SUV 차량을 가지고 계셨는데 어느 순간 집에서 보이질 않았다. 아침저녁으로 세차하실 만큼 아끼던 차였는데 사라진 것이다.

그리고 며칠 뒤에 조그만 소형 봉고차가 세워져 있었다. 영업용 차였는지 홍보 스티커도 붙여져 있었다. 사람이 많이 탈 수 있는 봉고차가 아니었다. 기름이 아닌 가스연료로 작동되는 소형 봉고차였다. 건장한 성인 한 명이 힘껏 밀면 흔들릴 만한 차였다.

아버지는 연료비도 경제적이고, 주차하기도 편하다고 좋아하셨지만, 나는 그런 모습마저 싫었다. 가끔 일 보러 가는 길에 학교에 태워준다고 하시면 두 손 들고 완강히 거부했다. 정말 어쩔 수 없이 그 차를 탈 수밖에 없는 날에는 혹여나 친구들이 볼까 봐 차 안에서 고개를 숙였다. 그런 차를 타고 가는 모습을 친구들에게 보이고 싶지 않았다. 아버지가 그런 작은 차를 운전하는 것도 싫었고 그 옆에서 앉아 있는 내 모습도 너무 싫었다. 차라리 집에 자동차가 없었으면 좋겠다고 생각했다. 정작 좋은 차를 타다가 작은 차를 타게 된 아버지가 가장 속상했을 텐데…. 아무렇지 않게 털털한 모습을 보이시던 아버지도 싫었다.

거의 매일 저녁 아버지와 어머니는 다투었다. 아니, 어쩌면 일방적으로 어머니가 아버지를 향해 원망 섞인 투정을 하는 것이었을지도 모른다. 당장 수입이 없었던 것도 사실이지만, 보증을 섰던 것이 화근이었다. 얼굴도 모르는 제삼자에게 돈을 어떻게 갚을 것이냐고 독촉을 받기도 했다.

나는 중학교 3학년, 누나는 고등학교 2학년이었다. 누나는 피아노 치는 것을 좋아했고 음대로 진학하고자 했다. 음대는 일반 대학보다도 등록금이 비쌌다. 돈 때문에 딸에게 꿈을 포기하라고 말할 수도 없는 부모님이었다. 이런 사실을 알고 있었기에 아버지에 대한 어머니의 원망이 더 컸던 것 같다. 그리고 이런 사실은 매일 저녁 충분히 다툴 만한 소재 거리가 되었다. 이런 집이 싫었다. 집을 나가고 싶었다.

감사하는 마음이 쌓이면 원하는 것을 가져다준다는 말이 있다. 작은 것에 감사할 줄 아는 사람이 큰 것에도 감사할 수 있다는 것이다. 즉, 작은 감사가 쌓이고 쌓이다 보면 그것이 축적되어 감사하는 마음은 커지게 되고 그 감사하는 마음이 원하는 것을 이루어준다고 한다.

아버지가 다시 건강을 찾고 일어나기만을 바랐고, 그렇게 돼서 간절히 바랐던 내 바람이 이루어진 거 같았다. 진심으로 기뻤다. 하지만 사람은 참 이기적이다. 아니, 나는 이기적인 아들이었다. 아버지가 다시 건강을 찾은 것에 대한 감사도 잊혀갔다. 아버지는 집에 있는 시간이 많았다. 특별하게 하는 것은 없었지만 몸의 회복이 필요했고, 무리한 활동도 할 수 없었기 때문에 집에 계셨다.

한때는 아버지가 일을 안 해도 좋다고 생각했다. 그리고 집에서 매일 볼 수 있으면 행복할 거로 생각했다. 그런데 이제는 아버지가 집에 있는 것이 싫었다. 놀아 달라고 하기는 내가 커버렸다. 이제는 다른 집의 아버지처럼 평범한 집의 아버지처럼 일하는 아버지, 돈 많이 벌어오는 아버지가 필요했다. 아버지는 집에서 쉬는 동안 컴퓨터 타자 연습을 하셨다. 독수리 타법으로 타자 연습을 하시곤 하셨는데, 그마저도 보기 싫었다.

실망했다. 사전적 의미로는 '희망이나 명망을 잃었다.' 또는 '바라던 일이 뜻대로 되지 않아 마음이 몹시 상한다.'라는 의미인데 내 마음이 그랬다. 자주 실망하게 되면 기대를 하지 않게 된다. 그리고 기대하지 않게 되면 생각하지 않게 되고, 생각하지 않게 되면 아무것도 아니게 된다. 그렇게 자연스럽게 된다. 나는 아버지에게 잦은 실망을 하게 되었고, 그렇게 아버지라는 존재를 잃어버리고 있었다.

아버지와의 대화는 점점 없어지고, 아버지와 마주하는 것도 피하거나 원치 않았다. 사람은 없는 것을 바라고 있는 것은 무시한다. 그동안 바라 왔던 아버지와의 시간이 다가왔는데도 그것을 무시하고 너무 아깝게 소진하고 있었다. 나는 거만했다. 아버지를 다 안다고 생각했다. 내가 아버지와 마주하는 것을 피하고, 존중하지 않고, 무시하더라도 가족이니까 아버지니까 그래도 된다고 생각했다. 가족이니까 언젠간 다 이해해 줄 거라는 생각이 내 머릿속 은연중에 깔려 있었다. 그래서 철저하게 아버지를 무시했다. 없는 사람 취급했다. 나는 가장 어리석고 못난 변명을 스스로 하며 그렇게 행동했다. 역경만큼 사람을 강하게 단련시키는 것이 없다고 하지만 나에게는 지나치게 무거운 짐이었다. 나에게 일어나고 있는 이 상황과 현실이 너무 싫었다. 점점 아버지와 관계의 폭도 벌어지기 시작했다.

4

집 나간 아버지, 살기 위해 노력한 가족

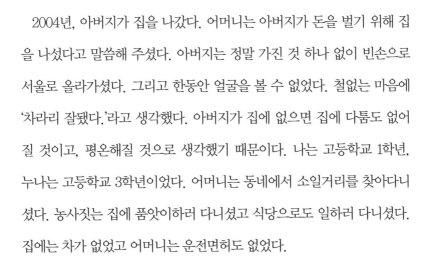

2004년, 아버지가 집을 나갔다. 어머니는 아버지가 돈을 벌기 위해 집을 나섰다고 말씀해 주셨다. 아버지는 정말 가진 것 하나 없이 빈손으로 서울로 올라가셨다. 그리고 한동안 얼굴을 볼 수 없었다. 철없는 마음에 '차라리 잘됐다.'라고 생각했다. 아버지가 집에 없으면 집에 다툼도 없어질 것이고, 평온해질 것으로 생각했기 때문이다. 나는 고등학교 1학년, 누나는 고등학교 3학년이었다. 어머니는 동네에서 소일거리를 찾아다니셨다. 농사짓는 집에 품앗이하러 다니셨고 식당으로도 일하러 다니셨다. 집에는 차가 없었고 어머니는 운전면허도 없었다.

하지만 일을 하러 가기 위해서는 이동 수단이 필요했다. 버스를 타려고 해도 시골이어서 배차 간격이 길었다. 어머니는 고민 끝에 자전거를 배우기 시작했다. 페달을 돌리기 무섭게 발을 땅에 디뎠고, 다시 페달을 밟았다. 이 과정을 수십 번, 아니 수백 번 반복하셨다. 그리고 연습 끝에 드디어 자전거를 탈 수 있게 되었다. 자전거를 타게 된 기쁨도 잠시, 어머니는 바로 실전에 투입하셨다. 적게는 5km부터 많게는 10km까지 일 거리가 있는 곳이면 자전거를 타고 가셨다. 아침 일찍 그렇게 출발하셔서, 해가 질 때쯤 자전거를 타고 집에 돌아오셨다.

자연스럽게 어머니 없이 집에 있는 시간이 많아졌다. 식사도 따로 하는 일이 많아졌고, 나는 대부분 라면을 먹었다. 어머니는 일하러 가시기 전에 밥과 반찬을 준비해 주시고 가셨지만, 냉장고에서 차가운 것을 꺼내어 먹는 것이 싫었다. 이전에 어머니가 일하지 않으실 때는 라면을 먹고 싶다고 투정도 부리곤 했었는데, 이제는 그렇게 먹고 싶던 라면을 자주 먹게 되었는데도 마음은 한구석은 허전함이 있었다. 이렇게 사는 것이 가족인가 싶다가도 괜히 고생만 시키는 아버지가 미워지기도 했다. 한 달, 두 달…. 그렇게 수개월이 지났다. 아버지는 집에 한 번 오시지 않았다. 그렇다고 먼저 연락도 하지 않았다.

어머니에게 아버지의 소식을 물었다. 일자리를 구해서 일하고 계시고, 매달 빠지지 않고 생활비도 보내준다고 했다. 생활비로 약 150만 원을 보내주신다고 했는데, 그 당시 적은 돈은 아니었다. 그리고 한편으로는 '그렇게 일자리 구하고 자리 잡았으면 가족들을 서울로 한번 부르던지, 얼굴이라고 한번 보러 내려오지.'라는 생각을 했다. 시간이 지날수록 아버지에 대한 원망도 더 커졌다.

어머니는 음대 진학을 희망하는 누나를 걱정했다. 아마도 일반 대학보다 비싼 등록금 때문이었을 것이다. 나는 돈을 벌고 싶었다. 고등학교 1학년, 공부해야 하고 다른 것은 생각할 필요도 없는 나이다. 하지만 공부보다 돈을 벌고자 하는 마음이 더 컸다. 내가 공부를 하고 잘되는 것보다 누나만 대학을 가면 된다고 생각했다. 아르바이트를 알아보기 시작했다. 고등학교 1학년 나이에 할 수 있는 아르바이트를 찾기는 쉽지 않았다. 어린 나이가 가장 큰 문제였고, 주간에는 학교에 가야 했기 때문에 야간 아르바이트 외에는 불가능했기 때문이다. 그러던 중 이전에 방문했던 인력센터에서 보수도 괜찮고 고등학생도 일을 할 수 있다고 하는 곳이 있다고 연락이 왔다. 바로 택배 물류센터였다. 일하는 시간은 저녁 9시부터 다음 날 아침 6시까지였다. 물론 물량이 없는 날은 더 일찍 마칠 수 있다고 했다. "감사합니다! 감사합니다!" 감사한다는 말을 몇 번이나 하고 바로 일을 시작해 보기로 했다.

택배 물류센터에서의 일은 가혹했다. 집에서 인력사무소까지는 버스를 타고 가야 했다. 40분 정도 걸리기 때문에 8시에는 출발해야 했다. 8시 50분쯤 팀장으로 보이는 분은 오늘 작업해야 하는 것에 대해 간략히 설명해 주시고 코팅된 목장갑을 나누어주셨다. 5~10t 차가 물류센터에 들어오면 가득 찬 짐들을 내리고 코드(지역)별로 분류한 뒤에 다시 차량에 실어주는 것까지가 임무였다.

기본적으로는 짐을 내리는 사람, 분류하는 사람, 실어주는 사람의 업무가 분담되어 있지만 짐을 내리는 사람들은 임무가 가장 먼저 종료되기 때문에, 짐을 다 내리고 난 뒤에는 분류 또는 짐을 실어주러 다시 이동해야 했다. 상대적으로 짐을 내리는 조가 업무량이 많았고, 당연히 가장 막내면서 초임자였던 나는 짐을 내리는 조에 투입되었다. 짐을 내리는 것은 속도가 중요했다. 빨리 내리고 레일에 올려보내 주어야 했다. 파손이 되지 않도록 주의해야 했기 때문에 던질 수도 없었다. 들어서 레일에 올려야 했다. 그것도 빨리 해야 했다. 김치 상자, 20kg 쌀 등등…. 토 나올 것 같다는 말이 어떤 의미인지 몸으로 먼저 깨닫게 되었다.

순식간에 몸은 땀범벅이 되었다. 짐을 내리기 무섭게 바로 짐을 가득 실은 차가 다시 다가왔다. 그리고 그 뒤로도 대기하는 차들이 보였다. 그때 인력사무소 소장님이 한 말이 생각났다. "고등학생들이 보수만 보고 왔다가 도망가거나 잠수(연락을 받지 않는)타는 일이 많아! 오래 일할 사람이 필요하니까 자신 없으면 시작하지 말아…." 소장님이 왜 그렇게 말했는지 이해가 되기 시작했다.

도망가고 싶었다. 짐을 내리면서 수백 번 생각했다. 저녁 12시가 지나자 갑자기 레일이 멈췄다. 새참 시간이라고 했다. 따뜻한 콩나물국, 밥, 콩자반과 김치가 준비되어 있었다. 정말 맛있었다. 순식간에 그릇을 비웠다. 12시 30분이 되자 다시 레일이 돌아갔다. 먹고 나니 다시 힘이 났다. 다시 코팅된 장갑을 착용하고 상자를 내렸다. 아침 6시가 되자 일이 종료되었다. 집에 가는 첫차는 7시 30분이었다. 터미널로 가서 꾸벅꾸벅 졸다가 첫차를 타고 집에 갔다. 그리고 교복을 갈아입고 학교에 갔다.

고된 일을 하고 밤을 새웠다. 학교에 가서 공부한다는 것은 말이 되지 않는 일이었다. 수업 시간 내내 교과서와 책상이 베개가 되었다. 학교에서의 시간은 금방 흘렀다. 지금도 생각하지만, 그때 수업을 해주셨던 선생님들께 정말 죄송하다. 학생은 학생으로서의 본분이 있고, 선생님에 대한 예의가 있는 것인데 그런 것을 전혀 지키지 못했다. 하루가 가고 다시 저녁이 찾아왔다. 온몸이 맞은 것처럼 아팠다. 거동조차 힘들었다. 일을 다시 가야 할지 고민이 되었다. '그냥 아프다고 할까…. 학교 시험이 있다고 할까….' 고민하던 것도 잠시, 8시가 되자 내 발은 터미널로 향했다. 그리고 빨간색으로 코팅된 장갑을 착용한다.

"그래, 이렇게 된 거 누나 등록금이나 벌어보자!"

5

가장이라는 무게를 견디다

매일은 아니지만, 야간에 틈틈이 택배 물류센터에 나가 일을 했다. 고등학생이었기에 학교에 가서 수업을 들어야 했는데, 수업 시간에 잠자는 일이 빈번했다. 그렇게 고등학교 3학년이 되었다. 좋은 대학을 가기 위해, 원하는 직업을 갖기 위해 공부하는 것이 당연한 시기지만 나에겐 그런 것이 중요하지 않았다. 공부보다는 돈을 더 일찍 더 많이 벌고 싶었다. 보수가 낮더라도 안정된 직장을 빨리 갖고 싶었다. 하지만 대학을 포기할 수는 없었다. 공부를 잘했던 것도 아니었고, 공부를 더 깊이 하고 싶은 것도 아니었다. 하지만 내가 대학을 포기한다고 선언한다면 어머니는 분명 가슴 한편에 아픔으로 남을 것이고, 아버지를 원망할 것으로 생각했다.

나의 선택일지라도 그것은 곧 가족 때문이라는 생각을 할 것이 분명했기 때문이다. 물론 이렇게 된 상황은 아버지 탓이라고도 생각했다. 하지만 아버지를 원망하고 싶지는 않았다. 사실 아버지 존재 이유에 대해 크게 중요하다고 생각하지 않았다. 중학교 3학년부터 고등학교 3학년이 되기까지 얼굴도 보지 못했다. 집에도 여전히 오지 않았다. 하지만 나중에 만나더라도 "아버지 때문에 대학을 포기했어요!"라고 말하기는 싫었다.

담임 선생님이 나를 찾았다. 진학 상담 때문이었다. 학생들을 한 명 한 명 불러서 졸업 후 무엇을 하고 싶은지, 성적에 따라 지원할 수 있는 대학은 어디인지 등등의 내용으로 상담하는 것이었다. 나는 성적이 좋지 못했다. 당연히 좋은 대학을 가고 싶다고 할 수도 없었고, 어떤 꿈이 있던 것도 아니었다. "등록금 저렴한 곳이 어디예요?"라고 말하고 싶었지만, 자존심은 있어서 하지 못했다. 그저 고민이 있는 일반적인 고3의 학생처럼 고개만 숙이고 있었다. 그러던 중 선생님께서 대전에 있는 A대학이 어떠냐고 먼저 말씀해 주셨다. "A대학은 3년 장학생으로도 지원할 수 있을 거 같은데?" 나는 순간 '이거다!'라고 생각했다. 학교가 시골이다 보니 '농어촌특별전형'으로 지원하면 장학금을 받을 수 있는 것이었다.

담임 선생님은 이어서 "영신아, 너는 문과잖아? 그런데, 이곳에 장학생으로 지원하려면 이과 계열로 지원해야 하는데 괜찮겠니?"라고 하셨다. 물론 상관없었다. 어차피 대학은 맛만 보기 위해 가는 것으로 생각했기 때문이다. 거기에 3년 장학생이라니 더 부담이 없었다. "네 좋아요! 지원하겠습니다!"

그렇게 나는 A대학을 수시 전형으로 지원하고, 선생님이 말씀해 주신 것처럼 3년 장학생으로 선발되었다. 수능을 준비하는 친구들은 한참 더 공부해야 할 때지만 수시 전형으로 대학에 합격했기 때문에 수업은 나에게 중요할 리 없었다. 주 2~3회 하던 야간 아르바이트를 매일 하는 것으로 바꾸었다. 그리고 주간에는 학교에 와서 더 부담 없이 잠을 잤다. 그렇게 내 고등학교 생활은 막을 내렸다. 공부에는 관심이 없었지만, 대학 캠퍼스 생활에 대한 로망은 있었다. 그리고 대학 들어갈 때쯤에는 당장에 취직이나 돈을 벌고자 했던 내 마음이 흔들렸다. '어차피 3년 장학생인 거 학비 부담도 없으니 그냥 학교 졸업까지 해버릴까?'라는 생각을 했다. 전공이 '전기과'였는데 졸업만 하면 취직도 잘된다고 했다. 대학을 졸업하고 '한국전력공사' 같은 큰 공기업에서 일하는 나 자신도 상상했다. 기대하던 대학 첫 수업이 시작되었다. 후회했다. 첫 수업부터 공부하고자 했던 내 선택이 잘못되었음을 짐작했다.

부끄러웠고 도망가고 싶었다. 공부를 잘하는 편은 아니었지만, 수학을 포기하고 문과를 선택했던 나인데, 읽기도 어려운 수학 연산자를 보고, 공학용 계산기를 사용해야 했으며, 심지어 회로를 구성해서 납땜까지 하는 실습도 있었다. 다른 동기생들은 능숙하게 따라가는데 나는 눈만 껌뻑거리고 있었다. 자존심은 있어서 포기하고 싶진 않았다. 수업이 끝나고 잘하는 동기생들에게 다가가서 친한 척을 했다.

그리고 회로 구성과 납땜하는 방법을 배워나갔다. 정말 쉽지 않았다.

그렇게 한 학기가 종료되었다. 다행히 성적도 나쁘지 않았다. 하지만 행복하지가 않았다. 행복이라는 것에 대해 깊이 생각해 본 적은 없었다. '내가 좋아하는 걸 하고 살아야지.'라고 생각해 본 적도 없다. 그냥 막연히 '돈 벌어야지 빨리 취직해야지.'라는 생각만 있었다. 계속 이렇게 대학 생활을 하고 싶진 않았다.

그렇다고 당장 취직할 자신도 없었다. 그때 생각한 것이 바로 '입대'다. 대한민국 성인 남성이라면 누구나 국방의 의무를 수행해야 한다. '학교는 계속 다니기 싫으니 어차피 갈 군대 빨리 다녀오고 나서 생각하자.'라고 생각했다. 입대를 생각하면서 버스를 기다리고 있었다. 버스터미널 벽 한편에 포스터가 눈에 띄었다. '안 되면 되게 하라! 지금 도전하십시오!' 특전부사관 모집 홍보 포스터였다. 하단에는 고급 스포츠 자격취득과 국비 지원으로 학위 및 위탁 교육도 갈 수 있으며 주거시설 제공과 연금 혜택에 관한 내용도 기재가 되어 있었다.

어차피 가야 하는 군대인데 멋있기도 하고, 돈도 벌 수 있고, 여러 가지 혜택도 받을 수 있다고 하니 지원해야겠다고 생각했다. 포스터에 적힌 전화번호로 바로 전화했다. "안녕하세요, 포스터 보고 전화했습니다. 저 특전부사관이 되고 싶습니다!" 모집홍보관이라고 자신을 소개한 상사님은 나에게 지원서 접수 방법과 평가 일정을 안내해 주셨다. 필요한 서류들을 준비하여 등기로 보내고, 평가 일정에 맞추어 필기 평가와 실기 평가를 각각 응시했다.

　그리고 특전부사관에 최종 선발되었다. 군 교육기관(특수전학교) 입교 일자가 나왔다. 아버지와 어머니에게는 부사관에 응시한 것도, 합격한 것도 말하지 않았다. 그냥 때가 되면 들어가면 되겠다고 생각했다. 그냥 조용히 그렇게 사회에서 멀어지려 했었다. 입교하는 일자가 다가오고 홀로 일하는 어머니를 보고 있노라니 마음이 편치 않았다.

　군 입교 일주일 전에 집에서 폭탄선언을 했다. "저 다음 주에 군에 입대해요!" 어머니는 눈이 동그랗게 되며 무슨 말이냐고 되물었다. 나는 "어차피 남자는 다 가는 거예요! 같이 가실 필요도 없어요. 그냥 혼자 가서 입교하면 돼요. 잘 다녀올게요!"라고 답변했다. 그리고 다가온 입교일, 혼자 가려고 했는데 어머니가 완강하게 가시겠다고 하여 같이 갔다. 입교 절차를 밟고 체육관에서 입교식을 준비했다. 입교하는 동기생들의 부모님들은 체육관 뒤편에 계셨다. 체육관에는 들어올 수 없었다. 입교 인원들은 학교 조회 시간 운동장에 모인 것처럼 통제에 따라 열을 맞추어 체육관 앞쪽을 바라보고 섰다.

　선글라스를 끼고 있던 교관 한 분은 우리가 서 있는 대열을 지나다니며 작고 간결하게 말했다. "뒤돌아보지 마, 앞만 봐!" 이어서 마이크 방송으로 "이제 부모님들께서는 댁으로 돌아가시기를 바랍니다."라고 했다. 뒤에 서 계시던 부모님들은 각자의 아들 이름을 외치고 힘내라, 파이

팅 등등 힘내라는 소리를 하며 힘껏 소리치셨다. 앞만 보라는 교관의 말을 무시한 채 살짝 뒤를 돌아보았다. 그 많은 사람 중 어머니가 바로 보였다. 울고 계셨다. 어머니 눈에서 눈물이 흐르고 있었다. 애써 웃으며 미소를 짓고 있었지만, 어머니의 눈은 슬펐다. 지금까지 내가 봤던 것 중 가장 슬펐다. 가슴이 아릿해졌다. 대열에서 이탈해서 어머니에게 달려가고 싶었지만 그럴 수 없었다. 뜨거워지는 눈시울을 애써 이겨내며 고개를 숙였다.

6

어른이 되어 본 남자의 삶

우리나라 군대 중 가장 힘들다고 하는 특전사에 입대했다. 그 당시 직업군인이라고 하면 어르신들에게는 '안정적인 직장'이라는 인식이 있었지만, 젊은 내 또래들에게는 '집안 형편이 안 좋은 애들이 가는 곳'이라는 인식도 있었다. 그렇게 보일 수도 있다고 생각했다. 하지만 그렇게 보이는 것이 싫었다.

그래서 다른 직업군인보다도 더 힘들고 멋있게 보이는 곳이라 생각된 특전사를 선택했다. 특전부사관들을 양성하고 있는 곳은 경기도 광주에 있는 특수전학교다. 그곳에 입교하여 3개월여간 통제된 생활 속에서 훈련받고 금빛 찬란한 '하사' 계급장을 받고 임관하는 것이다. 매일 걷고 뛰고, 산을 오르고 내리고를 반복했으며 40kg 가까이 되는 군장의 무게를 어깨와 다리로 견뎌내며 밤샘으로 훈련도 받았다. 해외여행 한번 가보지 못했는데, 내 생에 첫 비행기! 군용 항공기도 탑승할 기회가 주어졌다.

항공기 탑승을 위해 '앞꿈치 무릎'을 외치며 열심히 뛰어다녔고, 수백 번의 착지 연습도 했다. 그렇게 연습을 마치고 군용 항공기에 탑승했다. 약 730m 높이까지 올라가서 낙하산 하나에 몸을 맡기고 뛰어내렸다. 온 세상이 조용했고 평온했다. 그때 그 기억을 잊지 못한다.

훈련을 마치고 임관했다. 금빛 찬란한 하사 계급장을 달게 된 것이다. 임관하고 같은 교육기관에서 3개월간의 추가 교육을 받게 되었다. 달라진 것은 주말마다 외박할 수 있다는 것이었다. 금요일 저녁 첫 외박 날, 지방에 있는 집까지는 갈 수 있는 차편이 없었다. 그래서 군포에서 일하고 있는 아버지를 찾아가기로 했다. 입대 전에도 집에는 안 내려오시던 아버지였지만, 아들이 처음 외박이니만큼 당연히 만나줄 거로 생각했다. "아버지, 저 첫 외박인데 지방까지 갈 차가 없어서 아버지한테 갈게요. 하룻밤만 재워주세요", 아버지는 흔쾌히 그렇게 하자고 했다. 산본역 앞에서 아버지를 만났다. 일하시다 급하게 나오신 것 같았다. 뛰어오셨는지 숨도 가빠 보였다. 전투복을 입고 있는 나를 보더니 반갑게 맞아 주셨다. 아버지는 군을 면제받으셨다. 어렸을 때부터 가장으로서 집안을 책임져야 하셨기에 군을 면제받았다. 그래서 그런지 군 간부가 되어 특전사 전투복을 입고 있는 나를 자랑스럽다고 말하며 바라보셨다. 저녁 시간이 되어 만났기 때문에 맛있는 것을 먹자고 하셨다. 그리고 도착한 곳이 바로 분식집이다. 떡볶이를 시키셨다. 첫 외박을 나와 치킨이나 피자, 고기

를 먹고 싶었는데 떡볶이라니…. 말이 나오지 않았다. 아직 아버지에게
는 중학생 시절 아들의 입맛이 기억에 남았던 것 같다. "첫 외박에 무슨
떡볶이예요."라고 투정을 부렸다. 아버지는 "여기 메뉴가 다양하게 있으
니까 여러 가지를 맛보면 좋잖아."라고 하며 웃으셨다. 그리고 어묵과 튀
김도 주문했다. 떡볶이로 저녁을 해결했다. 한참 많이 먹을 나이었기에
양이 차지는 않았다. 아버지는 저녁에 집에 가지 말고 찜질방에 가서 사
우나도 하고 잠을 자자고 하셨다. 떡볶이값을 계산하고 이동하기로 했
다. 아버지가 주머니를 뒤적이신다. 손을 주머니에 넣었다 뺐다 몇 번을
반복하셨다. 지갑을 놓고 오신 것이다. 내가 계산하려고 했는데 두 손을
잡고 말렸다. 집이 근처니 조금만 기다리라고 했다. 나는 알겠다고 하고
자리에 앉았다. 아버지는 뛰어나가셨다. 이제 식사를 마쳤는데 뛰어나가
는 아버지를 보니 마음이 편치 않았다. 그냥 계산을 해버리고 먼발치 떨
어져서 아버지를 따라가 보기로 했다.

집이 근처라고 했으니, 찜질방을 갈 필요 없이 그냥 아버지 집에서 자
도 될 거라고 생각했다. 그리고 아버지가 어디에 사는지도 알고 싶었다.
아버지를 뒤따라갔다. 따라가는데 뭔가 이상한 느낌이 들었다. 아무리
봐도 주변에 주택가가 있을 것으로 보이지 않았다. 여러 상가가 있는 건
물 사이사이 걸어가시더니 허름한 건물로 들어갔다. 고시원이었다.

뒤통수를 아주 세게 맞은 거 같은 느낌이 들었다. 멍하니 서 있었다.

지켜보고 있다가 계속 따라갔다. 아버지가 들어간 호실 문을 열었다. 말이 나오지 않았다. 작은 성인이 몸 하나 누울 수 있는 그런 작은 공간이었다. 아버지와 눈을 마주쳤고 잠시 정적이 흘렀다. 아버지는 태연하게 웃으며 말했다. "여기가 잠만 자기에 딱 좋아, 밥과 김치도 공짜야." 웃으며 말씀하셨다. 아버지는 웃으셨고 나는 침묵했다. 웃음이 나오지 않았다. 머리가 아프고 가슴이 답답했다.

이제야 알게 되었다. 그동안 아버지가 어떻게 살고 계셨는지, 아버지가 어머니에게 생활비를 보내고 어떻게 살았는지, 고시원비를 뺀 전부를 어머니에게 생활비로 보내고 있었다는 것도 말이다. 아버지는 이 좁은 방에서 가족을 그리워했다. 하루에도 수십 번씩 보고 싶다고 생각하셨을 것이다. 하지만 집에 내려오는 그 교통비도 아끼기 위해 가족이 보고 싶어도 참으면서 작은 고시원 단칸방에 계셨다.

아버지는 '보고 싶다.' 한마디 안 하셨던 분이다. 그저 아무 연락 없이 그렇게 혼자 시간을 보내셨다. 어쩌면 아버지는 가족에 대한 마음이 누구보다 크셨던 것이 아니었을까? 보고 싶다는 말보다 더 간절한 마음이 있었음을 느낄 수 있었다. 하지만 가장이라는 책임감과 무게 때문에 말할 수 없었을 것이다. 그저 '침묵'으로 답하고 계셨다. 외로움과 그리움, 고시원 단칸방에서 마주한 아버지의 얼굴에서 그것을 느낄 수 있었다.

2004년 집을 나가셨던 아버지는, 가족과 몸이 멀어질 수밖에 없었다.

그리고 소식이 없었다. 기다리는 처지의 철없는 아들에게는 이런 상황이 일반적이지 않았다. 그리움이 기다림으로 바뀌고, 기다림은 곧이어 원망으로 바뀌었었다.

일이 잘 풀리지 않을 때마다 원망의 대상을 아버지로 정했다. 그런 원망을 받으면서, 아니 그런 원망을 받을 줄 알면서 그렇게 악역을 도맡아 하셨던 거 같다. 나쁜 아빠였다. 아버지를 만나고 난 뒤 생각이 많아졌다. 지금보다 더 나은, 더 괜찮은 사람이 되어야겠다고 생각했다. 그게 지금까지 내가 미워하고 원망했던 아버지에 대한 최소한의 도리라고 생각했다. 무엇부터 시작해야 할지 고민했다. '고졸 군인' 나를 따라다녔던 수식어 중 하나이다. 이것부터 바꿔보기로 마음먹었다. 자대에 배치된 후 대학을 마치는 방법을 알아보았다. 부대 근처에 대학이 있었고, 근무하던 부대와 협약이 되어 있어 학비도 저렴하게 다닐 수 있다고 했다.

부대의 배려로 야간에 대학을 다닐 수 있게 되었다. '소방 안전관리 학과'에 지원했다. 소방관이 되고 싶었다. 소방관은 특전사에서 군 복무를 하면 '특별채용'으로 지원도 가능했다. 4년간의 군 복무를 마치고 멋진 소방관이 되어 있는 모습을 상상하기 시작했다. 그렇게 '꿈과 목표'를 갖게 되었다. 낮에 고된 훈련을 하고 야간에 공부하기는 쉽지 않았다. 그러나 해낼 수 있다고 생각했고 해내야만 했다. 그렇게 목표를 향해 조금씩 나아가기 시작했다.

어린 시절 나는 '왜 안 좋은 일은 몰아서 오는가'에 대해 세상을 향해 분노했다. 신을 원망했다. 하지만 아버지의 헌신을 비롯하여 시작된 작은 변화들은 나비효과가 되어 점점 좋은 결과로 다가왔다. 아버지에게 아직 나는 중학생의 어린 아들일지도 모르겠다. 중학교 때를 마지막으로 아버지와 함께 살았던 적이 없다.

다시 말해 가족이라는 울타리 안에서 아버지와의 추억은 16세라는 나이에서 끝났다. 정말 슬픈 일이다. 어쩔 수 없었다는 것을 알고 있다. 하지만 일반적이고 평범하지 않았던 나의 중학생 이후의 기억은 가슴 한편 깊게 박혀 있는 가시 같다. 그리고 그 가시를 빼내는 과정 중에 있다. 생각해 보면 이러한 환경 때문에 내가 조금 더 일찍 어른이 될 수 있었다. '나비효과'라는 말이 있다.

나비의 작은 날갯짓처럼 미세한 변화와 작은 차이, 사소한 사건이 엄청난 결과나 파장으로 이어지는 것을 말한다. 이 미세한 변화는 부정적인 결과로 나타날 수도, 긍정적인 결과로 나타날 수도 있다. 즉, 작은 변화로 시작된 것이 예측할 수 없는 현상과 결과로 나타나는 것이다.

아버지는 정말 열심히 사셨다. 그리고 자기 자신에게는 돈 한 푼 쓰는 것도 허락하지 않으셨다. 중학교 당시 아버지가 입고 있었던 옷을 기억한다. 목이 늘어난 면티와 구멍 난 옷을 여러 번 바느질한 바지, 그리고 닳아버린 구두 밑창…. 내가 중학교 때 봤던 그 옷들이 생명 연장을 해서 지금까지도 아버지 몸에 붙어 있었다. 내가 군인이 될 만큼 컸는데도 불구하고 아버지는 자기 몸에 걸치는 것 하나에도 돈을 쓰지 않았다. 군에 입대한 지 1년이 되는 해에, 아버지는 고시원을 벗어나 경기도에 있는 방 2칸짜리 반지하 방을 구하셨다. 자가도 아니고 좋은 집도 아니었지만, 그 어둡고 외로웠던 고시원 단칸방에서 나온 것이다. 고시원을 벗어나던 그 날, 어머니도 시골에 있는 집을 정리하고 올라오셨다. 대학에 다니고 있던 누나까지 합세하여 마치 이산가족 상봉처럼 약 5년 만에 가족이 함께 살게 된 것이다. 물론 나는 군에 있어서 같이 살진 못하지만, 가족이 함께 살게 된 것은 기쁜 일이었다. 휴가를 나오더라도 잠잘 곳 없는 아버지의 고시원과 교통편이 불편한 어머니가 있는 시골 중 어디를 갈지 고민을 할 필요가 없어서 더 좋았다.

떳떳한 아들이 되겠다며 시작한 학업도 마지막 학기를 바라보고 있었다. 특전부사관 의무복무기간의 반인 2년이 지날 때쯤 소방안전관리 전문학사를 취득했다. 운이 좋았는지 졸업식에는 강단에 올라가 학업 우수로 대학 총장 상장도 받게 되었다. 그리고 부대에서 진급자 발표가 있었는데, 진급자 명단에 내 이름이 있었다. 하사에서 중사로 진급하게 된 것이다. 나비효과일까? 아버지에게 좋은 소식을 전하려고 전화했다. 내 자랑을 하려고 전화한 것인데, 아버지는 이사하게 되었다고 먼저 말씀하셨다. 방 2칸 반지하 방에서 벗어나 방 3칸에 화장실이 2개 있는 채광 좋은 4층 위치에 있는 집으로 이사한다고 하셨다.

물론 전세라고 뒤에 말씀하셨지만 이만큼 기쁜 소식이 없었다. 이삿날에 맞추어 휴가를 내고 싶었다. 하지만 그럴 수 없었다. 그 당시 근무했던 특전사는 '정기휴가'라고 해서 훈련이 없는 주기에 지역대 5개 중대가 단체로 휴가 나가는 시스템이었다. 급한 경우에는 보고하고 나가는 예도 있었지만, 경조사에 해당하는 경우만 가능했다. 입대한 지 2년밖에 안 된 초급부사관이 이사를 도와줘야 해서 휴가를 나가겠다고 말하기는 쉽지 않았다.

1년 동안 조금씩 모아두었던 적금이 있었다. 천만 원이 조금 안 되었다. 기분 좋게 아버지에게 보냈다. "빚을 갚는 데 조금이라도 보태고 싶어요." 아버지는 내가 힘들게 번 돈이라며 받기를 거부하셨다. 아니 미안했던 것 같다. 나는 돈 많이 모았고 얼마 안 되는 거라며 허세를 부리며 미안해하는 아버지 기분을 풀었다. 요즘 성공한 사람 또는 부를 축적한 사람들이 큰 소비를 기분 좋게 하는 것을 '플렉스(flex)'라고 한다는데, 나도 그 당시 플렉스 했던 것 같다.

　조금씩 가족이 안정화되고 있었다. 가화만사성(家和萬事成)이라는 말처럼 가족이 안정을 찾아가게 되자 모든 일이 다 잘 풀리는 거 같았다. 군복무가 즐거웠고 이전보다 더 집중할 수 있게 되었다. 그리고 나의 진로에 대해서도 처음으로 진지하게 생각하게 되었다. 어떻게 보면 지금까지는 '무언가를 하고 싶다'라기보다는 상황과 환경에 의해 어쩔 수 없이 선택했고 해야만 했다.

　나 자신에게 무엇이 하고 싶은지 스스로 질문도 했다. 하지만 곰곰이 생각해도 답은 떠오르지 않았다. 내가 무엇을 좋아하는지 어떤 것이 하고 싶은지 답을 낼 수가 없었다. 특전사 의무복무 4년 중 3년이 지나갔다. 이제 진로를 결정해야 했다. 처음 특전사를 지원했을 때의 초심으로 돌아가 봤다. 특전사를 지원하게 된 것은 국방의 의무를 해결함과 동시에 돈을 벌기 위해서였고, 그 경력으로 소방관을 지원하기 위해서였다. 평생 안정적인 직장에서 일하기 위해서였다.

　그러한 생각으로 소방안전관리 전문학사도 취득했고, 버스를 운전할 수 있는 대형면허도 취득했었다. 딱히 하고 싶었던 것도 떠오르지 않아 소방관으로 진로를 결정했다. 실기 평가는 자신 있었다. 필기 평가도 특

채 전형으로 지원해서 2과목만 준비하면 되었기에 1년이라는 시간은 준비하기에도 충분했다.

'행복'이라는 것에 대해 생각했다. '과연 나는 행복한가?', '소방관이 되면 나는 행복할까?' 행복의 기준은 자기 자신이 정하는 것이라고 한다. 그래서 사람마다 행복의 기준은 다르다. 내가 생각한 행복의 기준은 '평범함'이었다. 좋은 일도 나쁜 일도 없는 '평범함이라는 기적'에서 살아가는 것이 내 행복의 가치였고 기준이었다. 1년 뒤 소방관이 되어 어려움에 부닥친 사람들을 도와주는 일을 한다면 정말 보람될 것이라고는 생각했다. 하지만 나 스스로 '행복한가?'라는 질문에는 'yes'라는 답이 나오지 않았다. 순간 깨달았다. 행복은 멀리 있지 않았다. 나는 지금 지극히 평범함 속에서 하루하루 '행복함' 속에 살고 있었다는 것을 어떻게 보면 어쩔 수 없이 스무 살에 선택한 군 생활이 지금은 나의 일부가 되었고 매일 살아 있다는 것을 깨닫게 해준다는 것을.

장교가 되기로 했다. 복무연장과 장기복무 지원을 통해 부사관으로 계속 복무할 수도 있었다. 부사관이 싫다거나 무시하는 것도 아니다. 같이 근무했던 부사관 중에는 존경심을 받아 마땅한 사람들도 있었다. 하지만 욕심이 생겼다. 더 높이 올라가서 폭넓은 시야를 가지고 큰일을 하는 사람이 되고 싶었다. 사이버로 4년제 학사과정을 밟았다. 특전사 의무복무가 종료되고 전역 예정이었던 2011년, 나는 장교에 선발되어 소위로 임관했다. 하사로 시작했던 나의 군 생활은 중사로 진급하는 명예로움을 거쳐 소위로 임관했고, 지금은 소령으로 진급하여 군 복무 중이다. 그리고 아버지는 아직도 자기 자신에게 돈 쓰는 것을 허락하지 않으신다. 그래서 지금까지도 아버지는 자동차도 없이 대중교통으로 출·퇴근을 하고 계신다. 2016년 4월, 아버지는 내 집 마련에 성공하셨다.

아버지라는 이름으로

어린 시절 나는 아버지와의 관계를 회복하지 않는 편이 더 좋을 거라고 생각했다. 그래야 내 인생이 잘 풀리지 않을 때마다 '아버지 탓'이라는 핑계를 댈 수 있었기 때문이다. 어쩌면 어렸을 때 마음에 난 그 상처에 대해 '복수'라는 명목이 필요했고, 미워해야 할 대상이 있어야지만 내 마음이 풀어질 것으로 생각했을지도 모른다. 하지만 뒤늦게 알았다. 미워할수록 내 마음은 더 피폐해졌고 부정적으로 생각이 바뀐다는 것을. 나 자신을 아프게 하고 있었다는 것을.

아버지에 대한 오해가 풀리고 그동안 그분의 희생과 헌신에 대해 알게 된 이후, 지금까지 내가 가졌던 것들에 대한 부끄러움이 몰려왔다. 원망하고 투정하며 헛되이 보냈던 그 시간이 너무 후회스러웠다. 나에 대한 반성과 성찰을 거듭했다. 그리고 부정적이기만 했던 내 마음은 점점 평온해졌다. 한때는 내 인생에 노란불만 보였다. 잠시 쉬었다 가라고, 멈추라고 노란불이 깜빡였다. 하지만 멈출 수가 없었다. 그래서 더 원망했고 내 몸을 힘들게 했다. 나에게 절실히 필요한 무언가가 있었는데 그게 무엇인지 몰랐다. 아마 사랑과 관심. 그런 것을 받고 싶었던 것 같다.

아버지가 보기에 철없던 중학생 아들은 이제 성인이 되어 가정을 이루고 두 아이의 아버지가 되었다. 군인이라는 직업 특성상 근무지 이동이 빈번하다. 짧게는 1년, 길어도 3년이면 근무지를 옮겨야 한다. 그래서 결혼하고 지금까지 7번의 가족 이사를 했다. 잦은 이사로 아이들이 적응하지 못하면 어쩌나, 힘들어하면 어쩌나 라는 생각을 죄인처럼 가지고 있다. 그런데도 좋은 아버지, 좋은 남편이 되고 싶어서 더 열심히 일했다. 아내와 아이들에게는 안정된 가정을 선물해 주고 싶다.

그러기 위해서는 지금보다 더 열심히 해야 하고, 조금 더 잘 된 다음에 아내와 아이들과 더 좋은 날을 보낼 것을 상상하면서…. 더 성공하고 싶다는 생각과 직장에서 인정받고자 하는 마음이 컸던 것 같다. 그러다 보니 평일은 직장에서 늦은 시간까지 시간을 보낸다. 누가 시키지 않더라도 야근이 일상화되기 시작했다. 많은 일을 하면 그만큼 더 성장하리란 생각을 하게 되었다.

늦게 퇴근하면 곤히 잠을 자는 아이들을 보게 된다. 평일은 이렇게 일을 하더라도 주말만큼은 열심히 놀아줘야지 생각하는데도, 막상 주말이 되면 쉬고 싶어서 소파와 한 몸이 된다. "아빠 놀아줘, 놀아주면 안 돼?"

아이들에게 요즘 가장 많이 듣는 말이다. 왠지 익숙한 말이다. 들을 때마다 가슴이 찔린다. '아…. 이건 내가 어렸을 때 많이 했던 말인데….' 그때 아버지 마음도 이러지 않았을까?

부모님 집과 가까운 곳에서 근무할 기회가 생겼다. 음악 몇 곡 듣다 보면 도착할 정도로 가까웠다. 주말에 특별한 것이 없으면 부모님을 찾아뵀다. 60이 넘은 나이에도 손주, 손녀를 데리고 놀이터에 가시는가 하면 어린아이의 눈높이에서 놀아주시는 모습을 보고 있노라면 정말 감사하면서 마음이 짠하다. 마치 어렸을 때 많이 못 보낸 시간을 손주와 손녀들에게 사용하시는 것 같았다. 본인 티셔츠 한 장 안 사시는 분이 손주와 손녀들을 위해 비싼 장난감을 사 오는가 하면, 맛있는 것을 먹고 싶다고 하면 서슴없이 나가신다. 추운 날씨 탓인지 언제부터인가 아버지는 목티를 입거나 목토시를 쓰셨다. 난방이 돌아가는 집 안에서는 답답할 텐데도 불구하고 계속 목을 보호하셨다. 한 달이 지나고 두 달이 지났다. 여전히 아버지는 목토시를 하고 계셨다. 답답하지 않냐고 물어봤지만 따뜻하고 좋다고 하셨다. 그럴 때면 어머니는 무슨 집에서 목토시를 하느냐고 하시면서 아버지를 향해 잔소리했다. 그렇게 대수롭지 않게 넘어갔다.

손자와 잘 놀아주는 아버지

봄이 다가왔다. 쌀쌀했던 날씨도 포근함으로 다가왔다. 격주에 한번은 주말에 시간을 내서 부모님을 뵈러 갔는데, 아버지는 여전히 목토시를 하고 있었다. 어머니와 함께한 잔소리 공작으로 목토시를 벗길 수가 있었다. 목토시를 벗는데, 목에 무언가 커다란 것이 보였다. 아버지 목에 혹이 있었다. 보기에도 불편해 보이는 주먹만 한 혹이었다. 어떻게 된 거냐고 물어보자 처음에는 손톱 크기 정도였는데 이렇게 커졌다고 하셨다. 말하는 것도 조금 불편하다고 하신다. 몸이 아프면 병원에 가야지, 왜 이렇게 감춘 거냐고 큰소리쳤다. 겁이 나셨던 것이다. 무서웠던 것이다.

하지만 혹여나 가족에게 짐이 될까 봐… 걱정할까 봐 숨겨왔던 것이다. 너무 속상하고 답답했다. 아버지를 모시고 대학병원에 갔다. 혼자 다녀오겠다 하셨지만, 진료결과를 숨길까 봐 걱정되어 혼자 보내드릴 수가 없었다. "갑상선에 종양이 있네요, 조직검사를 해야 합니다." 진료 결과는 참담했다. 갑상선 암, 아버지의 진단명이었다. 매우 힘들었을 텐데, 아프셨을 텐데 가족들에게 말 한마디 안 하고 혼자서 안고 가려고 했던 아버지를 생각하니 가슴이 답답했다. 울컥했다. 아버지로 사는 지금까지의 삶이 고단하고 외롭고 쓸쓸했던 건 아닌지 마음이 아팠다.

어떤 작가의 사진을 보게 되었다. 일반적인 사진이 아닌 생동감이 있는 사진이었다. 도시의 야경이었는데 불빛들이 일제히 같은 방향과 같은 모양으로 펼쳐져 있는 순간을 포착한 사진, 비가 오는 날 나뭇잎과 지면에 떨어지는 물방울 하나하나의 생동감을 살린 사진, 밤하늘에 수놓은 멋진 별빛의 움직임을 느낄 수 있는 사진이었다. 사진은 '장노출 촬영기법'으로 찍은 사진이었다. 일시적으로 셔터를 한 번 눌러 찍는 방법이 아니다. 그 아름다운 장면 하나를 포착하기 위해서 장시간 카메라를 열어놓고 찍은 사진이다. 처음에는 사진에 감탄했다.

그런데 계속 보다 보니 그 한 장면을 촬영하기 위해 작가가 했을 수고스러움이 보였다. 비 오는 날, 눈 오는 날, 그리고 날씨가 몹시 추운 날도 그 한 장면을 위해 장시간 카메라를 열어두고 보는 것이다. 멋진 사진은 수고스럽고 힘들어야지만 완성된다. 아버지도 그런 것 같다. 본인이 힘들어야, 본인이 고생해야 자녀들이 더 편안하고 행복해질 것으로 생각하는 것은 아닐까?

아버지로 살아간다는 것이 어려운 일인 거 같다. 삶에, 세상에 너무 애쓰며 살아간다. 나는 아버지가 애쓰며 살지 않았으면 좋겠다. 모든 것을 다 해주고도 못 해준 것만 생각하며 미안해하는 것이 우리들의 아버지다. 지금까지 모든 것을 다 자기 탓만 하고, 죄책감을 가지며 본인이 시들어 가는 것도 모르면서 그렇게 살아가셨던 아버지…. 자녀들의 행복 때문에 당신의 행복에 눈감고 사시지 않았으면 좋겠다.

아버지가 행복하지 않으면 자녀들도 행복할 수 없다. 아버지가 행복해야 자녀들도 행복할 수 있다. 자녀들에게 아버지는 인생의 본보기이며, 최고의 스승이기 때문이다. 그래서 아버지도 행복하셨으면 좋겠다. 그래야 자녀들도 행복함을 바라보며 자랄 수 있다. 글로 남기면 영원히 남고, 말로 하면 허공에서 사라진다는 말이 있다. 그래서 아버지에 대한 마음을 글로 남기고 싶었다.

"아버지가 되어보니 아버지의 마음을 조금은 알 것 같습니다. 어린 시절에는 나에게 슈퍼맨이었고, 학창시절에는 원망의 대상이었으며, 현재는 한없이 감사하고 고마운 존재 아버지! 세상에서 '아버지'라고 불리며 살아가는 모든 아버지, 그리고 나를 사랑으로 키워주신 아버지 최성권

님께 이 글을 올립니다."

아버지와 또 그의 아버지

그대, 아버지라는 이름으로

세 번째
유 상 원

철부지였지만 여렸던 아버지

1

가족이냐 담배냐 그것이 문제로다

어린 시절, 우리 집안에는 담배를 찾아볼 수 없었다. 식탁, TV, 소파, 책상 등 눈에 보이는 곳에는 한 개비의 담배도 없었다. 그들은 아버지의 재킷이나 바지 주머니 속에 있었다. 할머니와 어머니의 담배에 대한 적개심 때문인지 담배라는 친구들은 늘 우리 집에서 숨어 살고 있었다. 아버지가 집에 계시지 않을 때, 마치 보물찾기를 하듯 누나와 함께 아버지의 담배를 찾는 놀이를 했던 기억도 난다. 그렇게, 우리 집에서는 '담배를 피우는 사람'은 크게 환영받지 못했다.

우리 아버지는 골초다. 할머니께서 살아계실 때 전해 들은 바로는 중2 때 처음 흡연을 하셨다고 한다. (중2병은 예부터 존재했다.) 그 시절 아버지께서는 종종 동네 뒷산에서 몰래 담배를 피우셨다. 할머니께서 그 모습을 발견하시곤 죽을 만큼 두들겨 팼음에도 지금까지 끊지 못했다.

손자인 나에게는 절대로 담배를 배우지 말라고 귀에 딱지가 나도록 이야기하셨다. 노환으로 인해 요양원에 계실 때도 "밥 뭇나?" 다음 하시는 말씀이 "담배 안 꿉제?"였다. 과거 기억이 가물가물하신 상태에서도 그 두 문장만큼은 또박또박 말씀하실 정도로 싫으셨던 것 같다. 할머니께서는 생전 그토록 아버지의 금연을 보고 싶어 하셨다. 결국 그 소원을 이루지 못하고 몇 년 전 하늘의 별이 되셨다.

지금 생각해 보면, 나의 어린 시절 흡연 문화는 지금과는 사뭇 달랐다. 아니, 상전벽해라고 할 수 있다. 간혹 TV나 신문에서 금연 캠페인을 많이 했었지만 대중의 인식은 흡연에 대해 관대한 편이었다. 공공장소는 물론 식당, 집 할 것 없이 아무 데서나 하는 것이 흔한 일이었다. 담배 냄새가 나면 그냥 담배 냄새가 나는구나 했다.

그러한 환경 속에서 우리 아버지 또한 집이나 차 안에서 흡연을 많이 하셨다. 그 덕에 나는 어릴 때부터 자연스레 담배 냄새를 많이 맡고 자랐다. 손가락에서 머리카락까지. 할머니의 귀 딱지 않는 반복된 잔소리도 영향이 있었다. 어쩌면 담배 냄새 그 자체가 너무나 싫었기에 살면서 입에 대본 적도 없이 자랐다. 담배에 대한 호기심은 눈곱만큼도 없었다. 간혹 밤 늦게 끝나는 학원이나 수학여행 등 부모님들의 관리가 소홀한 틈을 타 담배를 구해온 친구들이 있었다. 그럴 때도 나는 단연 거절한 정도였다. 지금은 고인이 되신 할머니의 소망을 아버지 대신 이루어드린 셈이다.

내가 초등학생이었던 어느 날 아버지께서 몇 주간 집을 비우신 적이 있다. 어머니께 여쭤봤더니 웃으시면서 잠시 학교에 가셨단다. 도대체 무얼 배우기 위해 어느 학교에 가신 걸까. 그럼 우리 할머니는 학부형이 되시는 걸까? 하던 중 어머니께서 '금연 학교'에 입학하셨다고 하셨다. '금연'이 무슨 뜻인지 여쭤보자 담배를 피우지 않는 것이라 말씀해 주셨다. 정말이지 너무 기뻤다. 학교나 학원을 다녀오면 거실 가득했던 그 담배 냄새를 더 이상 맡을 필요가 없다니! 어린 나이였지만 아버지의 건강보다도 내가 싫어하는 그 무언가가 사라질 것이라는 사실 그 자체에 기뻐했다.

며칠이 지나고 할머니께서 보고 계신 뉴스를 같이 보던 중이었다. 갑자기 아버지가 인터뷰하시는 장면이 나왔다. 금연 학교에서 입교하신 분들 대상으로 인터뷰를 한 것이 공중파 뉴스를 통해 흘러나왔다. 어머니는 TV에 나오면 출세한 거라고 하셨던 게 떠올랐다. 어린 마음에 '이제 우리 집은 부자가 될 것이고 나는 더 이상 담배 냄새를 집에서 맡지 많아도 된다!'라고 생각했다.

결론을 먼저 얘기하자면, 나의 작은 소망은 이루어지진 않았다. 금연 학교는 우수한 성적으로 졸업하셨고 거기서 반장까지 당선되셨으나 딱 그뿐이었다. 우리가족 모두의 환영을 받았던 금연 학교의 퇴소와 동시에 그 인연은 다시 시작되었다. 입소 기간 동안 피지 못했던 담배를 몰아 피셨던 것 같다. 금연 학교 앞 매점에 담배를 판다나 뭐라나. 그 후 더 애틋해졌는지 전보다 담배를 피우는 양도 늘어났다.

그러다 아버지의 건강에도 적신호가 들어왔다. 지금으로부터 약 10년 전 정도 되었던 것 같다. 아버지가 혼자서 고속도로에서 운전을 하는 도중 호흡이 힘들어 차를 세우신 적이 있다. 한 동안 휴식을 취하고 집으로 돌아오신 뒤 E대학병원을 찾으셨다. 진단 결과 청천벽력과 같은 결과표를 받아보았다. 폐암. 심해지기 전 서울에 있는 큰 병원에서 정밀검사를 받을 것을 권했다. 마른하늘의 날벼락이었다. 아버지 당신은 얼마나 깊은 생각에 잠기셨을까 하다가도 줄담배를 피우시던 모습을 생각하면 사필귀정 인과응보라는 생각도 들었다. 다급히 서울 A병원으로 입원하여 정밀검사를 받았다. 어이없게도 폐암은 안 보이고, 폐렴을 앓고 난 흉터가 보인다고 했다. 한 편으론 하늘이 도왔다는 생각도 들었다. 정말 다행이었다. 그렇게 하루만 입원하고 대전으로 귀가하셨다.

몇 개월 후 똑같은 증상이 발생했다. 오진이 났던 E병원은 더 이상 가지 않고 C병원으로 가셨다. 거기서는 심근경색 진단을 받으시고 수술한 뒤 장기간 입원하게 되셨다. 의사선생님께서는 상태가 많이 안 좋다는 진단을 내리셨다. 다시 한번 우리 가족들에게는 어둠이 찾아왔다. 당시 부모님께서는 자영업을 하고 계셨다. 밤늦게까지 하는 일이다 보니 어머니께서도 몸도 마음도 고생을 심하게 하셨던 게 생생히 기억난다.

다행히도 몸 상태가 악화되진 않았고 큰 문제없이 퇴원하게 되셨다. 다만 병원에서는 죽음까지 이를 수 있기에 '절대 금연'을 엄중히 권고했다. 그렇게 아버지는 금연하실 줄 알았다. 사람은 스스로 변화하기 전까진 절대 바꾸지 못한다는 말이 생각난다. '나와 누나 결혼하는 건 봐야 하지 않겠냐.', '죽어도 담배 때문에 죽진 말자.' 등 가족들의 온갖 위로와 회유에도 불구하고 1년이 못 가 다시 담배 한 개비를 입에 무셨다. 가끔은 훗날 아버지 무덤에는 제사상 대신 '담배'상을 올려드릴까 싶었다. 그것도 홍동백서 브랜드별로.

세월이 세월인 만큼 몸에 익은 버릇은 고치기 어렵다는 것을 잘 안다. 그렇기에 지금은 가족들 중에서도 금연을 기대하는 이도 없다. 다만 한창 자랄 나이의 손자들과 곧 태어날 손녀를 위해서라도, 그리고 무엇보다 본인의 건강을 위해서라도 조금씩 줄여나갔으면 한다. 다들 하나쯤은 제발 안했으면 하는 행동이 있지 않은가? 우리 아이들이 나중에 '할아버지는 왜 돌아가셨어?'라고 했을 때 '담배 때문에'라고 하는 날이 오지 않기를 바라본다.

2

당신에게도 아버지가 계셨더라면

아버지는 일찍 친할아버지를 여의셨다. 그때의 아버지 나이는 열한 살이었다. 지금이면 쉽게 고칠 수 있는 병이었다고 한다. 하지만 당시는 의학이 지금과 같이 좋지 못했기에 친할아버지는 하늘의 별이 되셨다. 그렇게 아버지를 포함한 5남매의 곁에는 과부가 되어버린 할머니만이 외로이 계셨다. 최근에야 알게 되었지만, 나의 친할아버지는 무덤도 납골당도 없었다. 잘 이해가 가진 않지만 그 당시 영덕에서는 일반적으로 그렇게 했다고 한다. 나 또한 벌초하러 가본 적도 없다. 그렇게 내 삶 속에서도 친할아버지는 존재하지 않았다.

할머니께서는 주로 영덕의 명물인 대게를 가공하는 공장에서 일을 하면서 다섯 남매를 혼자서 키우셨다. 물론 집안 형편도 매우 어려웠다. 자녀교육은 둘째 치고 생계를 이어나가기 급급했을 것이다. 그렇게 아버지는 점점 어긋나시지 않았을까. 담배를 시작으로 노름판 경력도 이때부터로 짐작된다.

보통 '아버지'라고 하면 어떤 단어가 먼저 떠오르는가? 일반적으로 '가장', '야근', '희생', '성실', '끈기', '술', '담배' 등의 단어가 떠오를 것이다. 가정에서 경제적인 부분을 책임진다. 가족들을 위하여 하고 싶은 것들을 참아가며 성실하게 일을 하고 야근도 한다. 술, 담배와 같은 기호품을 이용하여 스트레스를 푼다. 아버지는 가족들과 직접 얼굴을 맞대는 시간은 적어지고 무뚝뚝해진다. 하지만 그로 인해 가족 구성원들이 자본주의 사회에서 살아갈 수 있는 경제적 기둥이 되는 것이 대한민국 '보통'의 아버지라 할 수 있다.

반면, 아버지는 보통의 아버지상은 아니었다. 어린 시절부터 본받을만한 남성상이 없던 것이 당신의 성장과정에 있어 영향을 미치지 않았을까 조심스레 생각해 본다. 돌이켜보면 경제관념은 사실상 낙제 점수에 가깝다. 아직도 이 부분 때문에 어머니 속을 썩이고 있다. 어머니는 항상 아버지 때문에 우리 가족이 여기까지 온 것이라 하시지만 이제는 나도 안다. 어머니가 계셨기에 우리 가족 모두 입에 풀칠이라도 할 수 있었음을.

아버지께서는 학창 시절 주산에 있어 상당한 실력을 가지고 계셨다. 지금은 어디 갔는지 모르겠으나 '5단'이 적혀 있던 자격증을 보여주신 적이 있다. 상고를 졸업하신 후 주산을 곧 잘하셔서 'D전선'이라는 회사에 입사하셨다. 하지만 누군가의 지시를 따라야 하는 회사 생활 특성상 적응이 힘드셨고 그리 오랜 기간 근무하지 않고 그만두셨다고 한다.

그 이후에는 뛰어난 실력으로 주산 학원을 운영하셨다. 계산기가 지금처럼 보급되지 않던 시절 주산은 빠른 셈을 위한 유용한 수단이었다. 지금의 '코딩'과 같은 영향력이 있던 게 당시의 주산이었다. 학원에는 나름 원생도 많았다고 한다. 소위 잘나가는 주산학원 원장이었던 아버지는 안타깝게도 할머니에게는 그다지 많은 돈을 가져다드리진 않았다. 고스톱과 같은 어른들의 놀이터에서 돈을 다 쓰셨다. 돌아가신 할머니의 표현을 빌리자면 추운 겨울날 연탄 한 장 보태지 않았다고 한다. 그러던 중 계산기가 보편화되기 시작했다. 결국 계산기에 밀려 주산 학원도 접게 됐다. 그즈음 만난 어머니와 결혼하셨다. 생계를 꾸리기 위해 웬수 같던 계산기를 노상에서 파셨다고 한다.

두 분은 누나를 낳고 나서부터 포항에 자리를 잡으셨고, 지금은 관광지로 유명해진 죽도시장 부근에서 화장품 장사를 시작하셨다. 화장품 장사를 통해 나와 누나가 인서울 대학교에 입학할 때까지 생계를 이어나갈 수 있었다. 다만, 전체적인 가게 운영에 대해선 어머니의 노고가 훨씬 컸던 것으로 기억한다.

물론, 처음부터 장사가 잘된 것은 아니었다. 장사를 위해 물건을 준비해야 하는데 그럴 비용이 없어 오랫동안 고생하셨다. 하늘이 도우셨는지, 추운 겨울날 세 들어 살고 있던 집 대문 앞에 당시 기준으로 엄청난 액수의 현금이 든 검은색 봉투가 굴러다니는 것을 부모님께서 주우셨다.

주변을 둘러봐도 아무도 없고 찾아줄 방도도 없던 시절이었다. 누가 볼까 헐레벌떡 그 돈을 집으로 가지고 오셨다. 그렇게 그 돈으로 물건을 대고 진열대도 구매하셨다. 가게를 확장해 나갔고 누나와 내가 상경하여 생활할 수 있었던 기초가 되었다. 지금도 어머니는 가족들이 모인 자리에서 이 얘기를 하시면서 가슴이 떨린다고 하신다.

지금은 두 분이 대전에서 작은 사업을 하신다. 평일 낮에는 한산하지만 저녁 시간의 시작과 함께 늦으면 새벽 2~3시까지 이어지는 일이다. 남성 고객들이 많은 직업이라 같은 남자가 자리를 지켜주면 좋을 것 같은 생각이 든다. 하지만 아버지는 외부에 계실 때가 많다. 혹은 같은 공간에 있더라도 카운터를 보거나 접객 업무를 하시지 않고 주무시는 경우도 많다. 같이 있으면 답답해서 차라리 나가는 게 낫다는 어머니의 말씀을 들을 때마다 안타까운 심정이 들 때도 있다.

이처럼 우리 아버지는 '가장', '야근', '희생', '성실', '끈기', '술'과는 거리가 먼 삶을 살아오셨다. 아버지의 경제적인 역할에 대해 떠올리려 해도 딱히 떠오르는 것이 없다. 아버지의 이러한 모습을 볼 때마다 길잡이 역할을 해주실 할아버지의 부재 때문은 아닐까 생각한다. 어머니께서도 내가 지금의 아내와 결혼을 하겠다고 했을 때 제일 먼저 물어 봤던 게 "부모님 두 분 다 살아 계시냐?"였다. 아마 이런 배경을 가진 아버지와 부대

끼며 살아왔기에 여쭤보신 게 아닐까 싶다.

남성의 경우 나이 50이 넘어가면 남성 호르몬의 분비가 줄어든다고 한다. 눈물이 많아지기도 하고 젊은 시절을 사죄하는 의미에서 철이 든다고들 한다. 〈아침마당〉을 보면서 눈물을 흘리시는 아버지의 모습을 보면 그 말에 동의를 한다. 다만, 철이 든다는 건 개인차가 큰 것 같다. 70이 되신 지금은 철은 안 들어도 되니 사고만 치시지 않았으면 좋겠다는 생각이 든다. 집안일도 돕고 하고 계신 사업에서도 적극적으로 하셨으면 좋겠다. 어머니의 말씀대로 가난했지만 한없이 따뜻하고 인자하셨던 지금은 돌아가신 외할아버지만큼 가정적이진 못할지라도. 아버지이자 남편의 위상을 조금이라도 찾으셨으면 한다.

"할아버지, 아직 한 번도 인사드리러 간 적도 없고 일면식도 없는 손자 유상원이라 합니데이. 하늘나라에서는 잘 지내시는교? 아부지 꿈에 한 번씩 나와서 혼 좀 내주이소. 나머지는 지가 잘 얘기 해볼게유."

손자와 잘 놀아주시는 아버지

3

축구가 당신에게 주는 의미

많은 분들이 '경상북도 영덕군'이라고 하면 '대게'를 떠올린다. 하지만 영덕이 많은 축구 선수들을 배출해 내는 축구 강소도시라는 사실은 많이 알려지지 않았다. 우스갯소리로 영덕, 특히 대게로 유명한 '강구'에서는 한 집이 대게 집을 하면 그 옆집 아이는 축구선수를 꿈꾼다고 한다. 우리 나라에서 가장 전망 좋은 축구장이면서 각종 대회도 많이 열리는 '영덕 대게 축구장'도 여기에 있다. 그 정도로 영덕은 축구와 밀접한 곳이다.

아버지는 어릴 적부터 축구공과 친하셨다. 학창 시절, 우연히 학교 형 들이 축구하는 모습을 보고 남성적인 매력에 빠지셨다. 곧이어 시작한 축구에 재능을 보이셨고 초등학교부터 고등학교까지 축구부 생활을 하 셨다. 고등학생 때는 지금의 전국체전과 같은 대회에서 경상북도 대표로 출전하셨다. 결승전에서 페널티킥을 차는 그 모습이 찍힌 신문기사를 나에게 보여주신 적도 있다.

아버지의 후배 계열을 잇는 분들 중에는 박태하 현 포항스틸러스 감독님, 신태용 前 국가대표 감독님, 김진규 현 FC서울 코치, 손준호 선수 등이 있다. 그중에서도 박태하 감독님과는 일면식이 있는 사이다. 실제로 내가 초등학생이었던 시절, 포항스틸러스 선수단이 사인회가 우리 반에서 이루어졌던 기억이 난다. 그때 박태하 (당시)선수도 오셨고, 내 차례가되어 "우리 아버지가 유ㅇㅇ 이신데 아시나요?" 했더니 반가운 표정으로 머리를 쓰다듬어 주셨던 게 기억난다. 덕분에 일주일 정도 학교에서 인기남이 되었다. 아쉽게도 두 분이 대면하는 것을 본 적은 없다.

아버지께서는 프로 축구선수가 되지는 못하셨지만, 축구와의 연은 놓지 않으셨다. 일요일이면 요리사가 아닌 축구 선수였다. 매주 일요일 조기축구를 나가셨고, 집에는 항상 축구 유니폼과 스타킹이 가득했다. 차에는 늘 축구화가 든 가방과 공이 가득했다. 조기 축구회에서는 항상 회장, 혹은 최소한 총무 역할을 맡으셨다. 우리 가족보다 열 배는 더 축구에 열정이 있으셨다.

한 번은 아버지께서 '포항시청클럽' 팀의 감독이 되셨다고 하셨다. 대한축구협회에 등록된 정식 축구팀은 아니지만, 동호인 자격으로 전국축구 선수권대회(현 FA컵)에 출전하셨다. FA컵은 쉽게 말해 K리그 축구팀을 포함하여 순수 아마추어 팀까지 참석하는 우리나라에서 가장 넓은 범위의 팀이 참가하는 축구 대회다. 2001년에는 FA컵을 부흥시키기 위해 많은 팀을 참석하도록 독려하던 참이었다. 마침 아버지께서 활동하시던 조기 축구팀이 아마추어 리그 대회에서 꽤 좋은 성적을 내고 있었고 관계자의 눈도장을 찍게 되었다. 그렇게 30,40대로 구성된 동호인 팀이 '포항시청클럽'이란 이름으로 대회에 참가하게 된다.

보통 프로 축구팀을 포함하여 대부분의 팀은 20대 초반의 연령대로 구성된다. 그에 반해 30,40대로 구성된 포항시청클럽은 체력부터 확연히 차이가 나기에 처음에는 참가에 의의를 두셨다고 한다.

축구공은 둥글다고 했던가. 참가에 의의를 두던 팀이 대회에서 가장 큰 이변을 만들어냈다. 평균연령이 무려 15세 이상 차이 나던 한성대, 용인대 등의 대학팀을 연달아 꺾고 본선에 진출했다. 대학팀은 보통 프로 입단 및 국가대표를 목표할 정도로 쟁쟁한 선수들로 구성된다. 이런 팀을 두 차례나 격파하고 반란을 일으켰다. 다음 차례에 울산대에 패배하며 이변의 막을 내리셨지만 대한민국 FA컵 역사에 아직까지도 회자될 정도로 획을 그으셨다. 여담이지만 어머님께서는 돈을 벌기는커녕 오히려 돈이 들어가는 명예직이라 그다지 좋아하지는 않으셨다.

이러한 아버지의 영향을 많이 받았는지 나 또한 어릴 적부터 축구를 즐겨 했다. 사실 어릴 적부터 나는 바둑에 두각을 보였기에 프로 바둑 기사가 되는 것이 꿈이었다. 그렇기 때문에 축구선수를 꿈꿔본 적은 없었다. 매번 학교 운동장이나 동네에서 공을 차다가 초등학교 5학년 겨울 쯤 정식 축구부 활동을 하게 되었다. 주 포지션은 중앙 수비수였다. 지역 내 꽤 축구를 잘하는 학교였으나 전국대회 제패 혹은 프로 축구선수를 목표로 할 수준의 축구부는 아니었기에 차량 지원 같은 건 없었다. 이동이 필요한 경우 시간적으로 여유 있는 부모님들의 차량을 이용하였고 우리 아버지는 기꺼이 나의 기사님이 돼주셨다.

그렇게 약 7개월간의 축구부 활동을 했고 포항시내 대회에서 준우승이라는 쾌거를 거두는 순간까지 아버지는 내 옆을 지켜주셨다. 위험한 순간 공을 잘 걷어내는 순간은 환호성을, 주전으로 뛰지 못하고 벤치를 지키고 있을 때는 숨죽이고 계셨을 아버지의 모습이 이따금 떠오른다. 평소 함께하지 못했던 아버지가 '축구'를 매개체로 그나마도 함께 시간을 보냈다는 것이 나에게는 무엇보다 중요한 추억 중 하나다.

지금 우리 부모님은 포항을 떠나 대전에서 풋살구장 임대업을 하고 계신다. 지금으로부터 15년 전 우리가 대전에서 처음으로 풋살장을 시작했다. 지금은 풋살이 보편화되고 동호인들도 많아져 대전에만 10개가 넘는 경쟁업체가 있다. 연고가 아예 없던 대전에서 축구를 통해 자리잡고 풋살이라는 비즈니스를 전파할 수 있던 원동력은 아버지의 이러한 축구에 대한 열정과 시대적 통찰력이 아닐까 싶다. 일흔이 되신 나이에도 개인사업을 하시며 아직도 조기축구를 나가신다. 50대&60대 득점왕을 68

세에 타실 정도로 청춘 속에서 살고 계신다.

70대에 접어든 지금도 활발히 조기축구에 나가시는 아버지

　나에게는 아직 어린 두 아들이 있다. 그중 첫째는 축구에 굉장히 흥미를 보이고 있다. 1년째 축구교실을 다니는데, 우리 아버지가 그랬던 것처럼 특별한 일이 없으면 내가 직접 통원시킨다. 드리블도 하고 뺏기기도 하고, 그러다 마침내 골을 넣게 되면 첫째는 어김없이 달려와 나에게 안긴다. 그때마다 2002년 월드컵 포르투갈 전에서 박지성 선수가 골을 넣고 달려와 안겼던 히딩크 감독님이 된 느낌이다. 내 자식이 잘하면 내가 잘한 것보다 훨씬 기쁘다. 문득 내가 공을 차던 모습을 보시던 그 시절의 아버지도 같은 느낌이 아니었을까.

　최근에는 대전에 가서 할아버지-아버지-손자로 구성된 일명 '3代 축구'를 했다. 첫째가 축구를 배우기 전까지 아버지께서는 손자가 놀아달라고 해도 담배만 태우러 나가셨다. 이제는 손자가 축구를 하러 가자고 하면 스타킹과 축구화를 입고 나오신다. 그렇게 할아버지가 사이드로 공을 찔러주고, 내가 센터링하고 첫째가 발에 맞춰 골을 넣는 세트플레이 골을 완성시킨다. 3代가 만들어낸 이 장면은 CCTV를 통해 저장되어 있다. 원할 때면 돌려볼 수 있다. 내 다음 목표는 내 아이가 커서 손주를 낳고 축구를 할 때까지 우리 아버지도 살아계셔 '4代 축구'를 유튜브에 올리는 것이다.

"아버지, 지금 생각해 보면 그나마 축구라도 있어서 아버지랑 공유할 추억이 있는 것 같심더. 얼른 담배도 끊고 오래오래 사이소. 그래야 증손자랑 공이라도 한번 차 보지예."

4

그때 왜 그랬을까?

우리 가족 네 명은 모두 식성이 다르다. 해산물을 좋아하는 아버지, 나물과 야채를 좋아하시는 어머니, 육류를 좋아하는 나, 그리고 다 골고루 먹지만 조금씩만 먹는 누나까지. 이 때문에 어머니께서는 여러 가지 메뉴를 차려야 하는 경우가 많으셨다. 특히나 나와 누나의 등교시간이 다를 때는 아침만 세 번 차려야 했다. 결혼하고 보니 새삼 어머니가 존경스러웠다. 밥상을 한 번 더 차린다는 건 4배 정도의 에너지가 소비된다는 것을 알게 되었다.

각자가 다른 식습관을 가지고 있지만 그중에서도 아버지에게는 특이한 식습관이 있다. 맛없는 것부터 먹고 나서 맛있는 것을 드시는 것이다. 일례로, 젊은 시절 처가 댁에 갔을 때 외할머니께서 콩밥을 해주신 적이 있다. 콩보다 쌀을 좋아하셨던 아버지는 콩만 먼저 다 집어 드셨다고 한다. 그 모습을 보신 외할머니께서는 '유 서방이 콩을 좋아하네.' 하시면서 콩만 한 움큼 더 주셨다. 사위로서 절대 거절할 수 없는 장모님의 선물이 었다. 그래서 콩을 더 주실까 봐 밥이랑 같이 섞어 드셨다고 한다. 아직 도 우리 가족끼리 식사를 할 때는 아직도 콩만 먼저 집어 드신다.

아버지께서는 항상 밥을 한 숟가락만 남기신다. 두 숟가락도 아니고, 세 숟가락도 아니다. 딱 한 숟가락이다. 배고픈 사람 약 올리는 거 같은 진짜 딱 한 숟가락. 누가 보면 초밥에 회랑 고추냉이만 먹고 남긴 줄 안 다. 고봉밥을 차려도 딱 한 숟가락만 남기시고 조금 드려도 딱 한 숟가락 만 남기신다. 밥을 말아먹을 때도 한 숟가락만 빼놓고 남기신다. 너무 신 기해서 아예 식사하시기 전에 내 밥공기로 밥 한 숟가락 던 적도 있다. 내가 솥에서 밥을 퍼드릴 때는 한 공기 퍼드린 다음 한 숟가락 정도 덜어 서 드린 적도 있다. 소용없었다. 아마 그렇게 남기신 밥만 해도 몇 가마 는 될 것 같다.

신기한 건, 지금은 두 아들의 엄마가 된 나의 아내도 같은 버릇이 있 다. 딱 한 숟가락만 남긴다. 이전에 아버지께 시도해 본 것처럼 한 숟가 락만 덜기도 해보고 적게 줘보기도 했다. 소용없었다. 딱 한 숟가락만 남 긴다. 아내 말로는, 심리적으로 최후의 한 숟가락을 보면 배가 불러온다 고 한다. 반찬이 부족한 것도 아닌데도 딱 한 숟가락만 남긴다. 신기하게 도 반찬은 남기지 않는다.

사실 곁에서 보기엔 큰 불편함은 없다. 아니 없었다. 적어도 내가 설거지를 주로 담당하게 되기 전까지는. 결혼 후에는 식사를 하면 아내는 주로 아이들을 씻기러 가고 내가 설거지를 한다. 다 비운 것 같은 밥공기에 한 숟가락의 밥알이 남아 있으면 끈적끈적한 것이 은근 신경이 쓰인다. 덕분에 아버지의 설거지를 수십 년간 해오신 어머니의 심경을 이해할 수 있었다.

우리 가족이 모이면 절대 빠지지 않는 에피소드가 있다. 우리 가정을 살렸던 '검은 돈 봉투 습득 사건'과 일명 '찐빵 참사'가 있다. 어느 추운 겨울날이었다. 그날 저녁, 어머니께서 동네 만두가게에서 찐만두 몇 개와 찐빵을 한 팩 사 오셨다. 우리 가족은 둘러앉아 만두와 찐빵을 먹으며 TV를 봤다. 다들 만두만 먹고 찐빵은 줄어들지 않았고, 막내였던 나는 남은 찐빵을 먹어치웠다. 그런데 갑자기 아버지께서 아무 말 없이 방으로 들어가셨다. 다들 그런 행동이 의아하여 서로의 얼굴만 쳐다볼 뿐이었다. 도대체 어떻게 된 일일까?

다음날이 되고, 그 이튿날이 되기까지 아버지께서는 단 한마디의 말도 없으셨다. 너무 답답한 나머지 어머니께서는 아버지에게 자초지종을 물으셨다. 돌아온 아버지의 대답은 "찐빵을 마지막에 먹으려고 손도 대지 않고 남겨두었는데 아들이 다 먹었다."였다. 그 말을 듣고 우리 가족은 다들 배꼽 빠지게 웃었다. 단 한 명, 덤덤한 표정의 아버지를 제외하곤.

그날 이후론 어머니께서는 유난히 찐빵을 더 많이 사 오셨다. 그리고 아버지가 찐빵에 손을 대기 전까지는 아무도 먹지 않는다. 그리고 찐빵을 드시면 다 드실 때까지 먹는 모습만 보게 되었다.

가끔 겨울이 되면 그때 같이 먹던 찐빵 생각이 난다. 지금은 온 가족이 뿔뿔이 흩어져 각자 가정을 꾸리고 살아가고 있다. 나와 누나는 서울에 있고 각자 결혼했기에 다 같이 모이기가 쉽지 않다. 언젠가는 추운 겨울날 대전에서 대가족이 모이게 된다면 나는 어김없이 찐빵을 사갈 것이다. 그러곤 아버지가 드시기 전까지 절대 먼저 먹지 말라고 다른 사람들에게 알릴 것이다. 그러지 않았다간 아버지가 여든 살까지 침묵하실 것 같아서.

아무리 가족 간이라도 말하지 않으면 모른다. 말하지 않아도 아는 건 초코파이뿐이다. 왜 그땐 그랬을까? 그래도 무미건조했던 우리 가족사에 길이 전해줄 에피소드가 생긴 장점도 있다. 나중에 아버지 제사상에는 전국 최초로 찐빵 한 소쿠리 올려드릴 예정이다.

5

아버지를 다시 봤던 날

이미 중학교 2학년 때부터 담배를 시작한 아버지에게도 남들보다 뛰어난 재능이 있다. 앞서 얘기한 '축구', 그리고 '주산'이다. 아버지는 학창 시절 주산을 정말 잘하셨다. 축구도 축구지만 주산에 대해서는 동네에서, 그리고 학교에서 알아주는 학생이었다. 그 시절에는 상위권 학생들이 실업계 고등학교로 진학하는 것이 일반적이었다. 다들 가난한 시절이었기에 지금처럼 대학교 진학을 위한 인문계 고등학교를 선호하지 않던 시절이었다. 아버지께서는 당시 공부도 꽤 잘하는 편이셨고, 특히나 주산에서는 뛰어난 재능을 보이셨기에 K상업고등학교에 진학하셨다. 축구로도 유명한 고등학교였으니 아버지께는 가장 안성맞춤인 학교였다. 친척이나 아버지 친구분들이 모이는 자리에 가게 되면 항상 듣는 소리가 있다.

"니는 수학 잘하나? 니네 아빠 주산 억수로 잘한데이. 아부지 닮았으면

니도 잘할끼다.”

포항 촌구석에서 학원도 안 다니고 공부해서 서울에 있는 대학교에 입학했으니 아버지의 영향이 없진 않은 것 같다. 다만, 나는 어린 시절에는 주산을 배운 적은 없다. 은행에 근무하시는 외삼촌이 주산을 몇 번 튕기는 것을 본 적이 있다. 나에게는 주산을 롤러스케이트처럼 타고 놀다가 주산이 부러지는 바람에 넘어진 기억만 있을 뿐이다. 다만, 아버지가 쓰시는 걸 본 적은 없는 게 지금까지도 아쉬운 장면이다.

아버지께서는 고등학교 졸업 후 ‘D전선’에 입사하셨다. 당시에는 굉장히 좋은 회사였다고 한다. 하지만 타지 생활과 상명하복식의 문화에 적응이 힘드셨는지 그리 오래 다니시진 않으셨다. 이후 고향으로 돌아와 특기를 살려 주산 학원을 여셨다. 당시는 계산기가 아직 보편화되기 전이라 주산을 공부하려는 학생들이 매우 많던 시절이었다. 덕분에 문을 연지 얼마 되지 않아 그럭저럭 원생 수도 늘고 금전적으로도 여유가 생기셨다.

이렇게 생긴 돈으로 어디 땅을 사다둔다든지 투자를 해서 부자가 되었다거나, 홀어머니에게 보태드렸다고 하면 얼마나 아름다운 이야기가 될까. 하지만, 기대와는 다르게 아버지께서는 그 돈을 다른 곳에 쓰셨다. 생전 할머니께서는 추운 겨울 연탄 한 장 사 오지 않았다고 하셨다. 말

그대로 한 푼도 살림에 보탠 적이 없는지, 아니면 할머니의 기대에 못 미치는 액수라 그랬는지 알진 못한다. 다만, 대부분의 돈을 노름으로 잃으신 것으로 전해진다.

한 번은 아버지의 학창 시절 앨범을 본 적이 있다. 영덕에서 자라셔서 그런지 바다에서 헤엄치는 한 소년의 사진이 많았다. 나무에 올라가 있는 개구쟁이 소년의 사진도 있었고, 일찍 돌아가신 막내 삼촌과 어깨동무한 사진도 있었다. 앨범의 제일 뒷면에는 한자가 가득한 상장이 두 개 있었다. 조사와 숫자 빼고는 다 한자였다. 무슨 내용인지 몰랐던 나와는 달리, 흐뭇한 표정을 짓고 있던 아버지의 모습이 아직도 선명하게 기억난다. 숫자는 두 장 다 5였는데, 하나는 아버지 또 다른 하나는 막내 삼촌의 상장이었다. 둘 다 주산 급수가 적혀 있던 상장이었다.

"함 봐바라. 아빠는 5'단'이고, 삼촌은 5'급'이데이."
당시 나는 바둑을 배우고 있었고, 막 1급에서 1단으로 넘어간지라 '단'과 '급'의 차이는 알고 있었다. 다만, 주산에서의 5단은 어느 정도의 실력인지는 알지 못했다.

"주산 5단이면 학원 원장도 할 수 있데이. 태권도 4단부터 태권도 사범할 수 있제?"

"그럼 5급은요?"

"5급도 몬 하는건 아닌데…. 동네에 널렸데이."

집안일, 가게일 잘 안 도와주고 축구하러 갔다가 집에도 잘 안들어오시고 담배만 피시는 아버지인 줄 알았는데, 그날 아버지에게 처음으로 "우리 아빠 최고!"를 외쳤던 것 같다.

주산만큼은 아니었지만 바둑에도 어느 정도 일가견이 있으셨다. 아버지의 어린 시절은 해가 지고 나면 놀게 없어서 삼촌과 바둑을 많이 두셨다고 한다. 나처럼 바둑학원에서 정석대로 배우기보다는, 책을 통해서 혹은 동네 아저씨들이 시장터에서 두는 것을 어깨너머로 보고 배우셨다. 덕분에 아버지는 나에겐 더없이 좋은 연습 상대였다.

나는 일곱 살 겨울에 초등학교 입학과 동시에 바둑을 배우기 시작했다. 당연한 얘기지만 처음 3년간은 아버지를 이기지 못했다. 늘 그렇지만 갑자기 실력이 튀어 오르는 시기가 있다. 나는 그게 4년 차에 온 것 같다. 그전까지는 포항 시내의 크고 작은 대회를 나가더라도 참가하는데 의의를 둘 뿐이었다. 그랬던 내가, 초등학교 3학년에 나간 어린이 바둑 대회에서 준우승을 차지했다. 중급 수준의 대회였지만 입상을 한 건 그때가 처음이었기에 의미 있는 경험이었다. 그 뒤에는 포항시 어린이 바둑 순위 결정전에서 3위, 그 다음 해는 2위를 차지했다.

별 볼 일 없던 초등생이 '재야의 고수'가 되기까지, 아버지의 스파링이 없었다면 쉽지 않았으리라 생각이 든다. 대회 입상 이후로는 아버지의 실력을 훌쩍 뛰어넘었으니 말이다. 가끔 본가에서 간직하고 있는 내 트로피들과 40년 된 바둑판을 보고 있으면, 얼마 되지 않는 아버지와의 시간을 바둑을 통해 보냈던 좋은 추억이 떠오른다. 지금은 온라인을 통해서도 바둑을 둘 수 있지만, 그 어린 시절 아날로그 감성을 되살려 덴버 풍선껌 스티커가 붙어 있는 바둑판과 바둑돌을 가지고 아버지와 한 판 두며 도란도란 얘기 나누고 싶다.

6

타고난 성격을 어쩔 수 없다

 내가 알고 있는 우리 아버지의 또 다른 특징을 얘기해 보고자 한다. 바로, 누군가의 명령에 의해 행동하시는 것을 싫어하신다. 다시 말해, 남들의 간섭을 굉장히 싫어하신다. 왜 그런 사람들 있지 않은가. 사람들 많은 곳에 가지 않는 부류의 사람들. 우리 아버지가 딱 이런 분이다.

 아버지는 주말마다 조기축구회를 나가셨기에 가족끼리 놀러 간 기억이 많지는 않다. 그리고 몇 안 되는 가족 간의 나들이는 항상 '아무도 없는 곳'이었다. 뜨거운 여름에 바다나 계곡을 가더라도, 푸른 가을날에 단풍을 보러 가도 우리 가족은 언제나 사람의 발자취를 찾아볼 수 없는 곳으로 갔다. 마치 대인기피증이 있었던 것처럼.

 보통 바다에 간다고 하면 주변에 먹을거리도 있고 간단하게 샤워도 할 수 있는 해수욕장으로 간다. 하지만 나에게는 항상 돌밖에 없는 해수욕장의 끄트머리나 혹은 해수욕장이 아닌 그냥 바다로 갔다. 물론 바다를

끼고 있는 도시인 포항에서 살고 있던지라 우리 가족들 모두 바다에 고 픈 사람은 없었다.

하지만 구조요원도 없는 곳에서 물놀이하다 혹시나 이안류나 너울에 휩쓸리면 어떡하려고. 그때마다 아버지는 가까운 곳에 소총을 들고 서 있는 분들을 가리키며 괜찮다고 하셨다. 거기엔 해병대 해안경비대 초소 안에서 우리 가족을 지켜보던 두 명의 해병대원들이 있었다. 일반인들이 접근하지 못하는 곳. 꼭 그렇게 멀리까지 가야만 속이 후련했던 우리 아 버지. 내가 교과서에서 본 '휴전선'이 왜 우리 옆에 있냐고 물어보면 어머 니께서는 휴전선이 아니라 '철책선'이라고 하셨다.

한 번은 산으로 간 적도 있다. 그때, 나는 마치 산을 굽이굽이 지나 인 적이 드문 곳으로 차를 몰고 가시는 아버지를 보며 어디론가 입양되는 것 같다는 생각이 들 정도였다. 만화 인디아나 존스에서 보던 그런 차만 이 통과할 수 있을 것 같은 길을 우리 차 에스페로(준중형급 대우자동차의 모델 명)가 지나가고 있었다. 매일 아스팔트로 포장된 곳으로만 달리던 세단은 펑크가 나고 말았다. 지금이야 스마트폰으로 자동차 보험사에 전화하면 달려오겠지만, 당시는 어림도 없었다. 아버지는 우리 가족 셋만 남긴 채 주변 마을을 찾아 나섰다. 그리고 전화를 빌려 쓰고 보험사 대신 친구분 을 부르셨다.

몇 시간이 지났을까. 우리가 있는 곳으로 아버지 친구분의 차량이 도착했다. 그리고 그 차를 타고 집으로 돌아왔고, 다음날 견인차로 우리 차를 이동시켜 정비소로 갔다고 한다. 글로 쓰니 짧아 보이지 실제로 네다섯 시간은 기다린 것 같다. 그 와중에 우리 가족은 절벽에서 사진도 찍었다. 훗날 내가 대학교에서 토목공학을 전공했기에 알게 된 사실인데, 그곳은 토사 채취장 혹은 채석장이었다. 건설 현장 부지를 정지하거나 재료로 사용되는 흙과 돌을 채굴하는 곳이었다. 어렴풋이 기억을 떠올려보자면, 우리 차가 멈춘 곳은 덤프트럭이 지나다니는 램프 – 차량이 오르내리는 길이었음을 알게 되었다. 건설 현장에서는 이런 곳에서는 SUV도 지나가지 못하게 안내하는데, 사건 당일 도대체 우리에겐 어떤 일이 벌어졌던 것일까. 아니, 왜 이런 곳으로 오게 된 것일까.

2001년 강원도 강릉 오죽헌에서

　　이러한 성격 때문인지, 아버지는 고등학교 졸업 후 취직을 하셨으나 얼마 못 가 그만두셨다고 한다. 그 길로 줄곧 자영업의 길을 걸으셨다. 누군가의 명령에 복종하거나 지시를 따르는 문화에 적응하기 힘들었다는 게 그 이유였다. 다만, 내가 생각했을 때는 명령에 따라야 하는 것도 힘들지만, 아버지와 같은 부하에게 일을 지시하는 상사의 입장도 고려해 봐야할 것 같다. 지금까지도 아버지와 같이 자영업을 하시는 어머니의 심정을 이해해 보자면 그 상사의 복장은 얼마나 터졌을까 싶다.

요즘은 갑자기 '남해'에 가서 살고 싶다고 하신다. 어느 유튜브에서 봤는데 거기 가면 5천만 원만 주면 수도, 난방 다 되는 집 한 채를 살 수 있다고 한다. 대전광역시 서구 둔산동 노른자 땅에 있는 아파트 한 채 값과 비교하시면서 너무 저렴하지 않냐며 언젠가는 꼭 가겠다고 하신다. 참고로, 둔산동은 우리나라에서 열 손가락 안에 드는 명문 학군지이다.

혹시나 남해에 뭐가 있는지, 숨겨둔 애인이 있는지, 가서 할 건 있는지 여쭤봤다. 딱히 계획은 없으신 것 같다. 그냥 속세에서 멀어지고 싶으신 것 같다. 마치 어린 날의 나들이처럼. 돈만 안 들면 어머니도 쌍수 들고 동의하실 것 같기도 하다. 병원이나 편의시설도 없는 곳인데 불편하지 않겠냐고 걱정하는 척 여쭤봤다. 공기 좋고 물 맑은 곳이라 건강하게 지낼 수 있을 것 같다고 하신다. '아니죠, 아버지가 없으면 어머니 정신건강에 더 이롭죠.'라고 하고 싶지만 삐쳐서 정말로 남해로 튀실까 봐 차마 그러진 못했다.

"아니죠, 아버지 안 계시면 어머니 정신건강에 더 이롭겠죠."라는 말이 입 밖으로 나올 뻔했지만 그러면 정말로 남해로 튀실까 봐 차마 그러진 못했다.

아무래도 〈나는 자연인이다〉를 애청하시는 것 같다. 지금은 계획이 수정됐는지 무산됐는지 모르겠다. 최근에는 차를 바꾸셨는데 이후론 남해로 가겠다는 말씀은 멈춘 것 같아 다행이다. 정말, 타고난 성격은 어쩔 수 없는 것 같다.

7

가장이 되어 본 남자의 삶

앞서 여러 가지 주제를 통해 우리 아버지를 소개했다. 그 속에서 최대한 아버지와의 좋은 추억을 끌어내려고 노력했다. 이쯤 써놓고 보니 불효 자식인 것 같기도 하다. 나름대로 최대한 긍정적으로 완곡하게 표현해 봤으니 아버지께서 이 글을 읽으신다면 허허 웃어주실 것이라 믿는다. 이제부터는 지금은 가장이 된 나의 입장에서 '아버지'에 대해서 다시한번 생각해 본다.

나는 결혼을 하여 슬하에 미취학 아들 둘이 있다. 가정의 경제적인 부분을 전적으로 담당하고 있다. 월급쟁이로서 많은 것도 적은 것도 아닌 연봉을 받으며 직장 생활을 하고 있다. 포항 촌구석에서 고등학교를 졸업했다. 운 좋게 상경하였고, 대학교에서는 토목공학을 전공했다. 졸업 후에는 유명 대기업 건설회사에 입사했다. 국내, 해외 할 것 없이 건설 현장에서 8년을 넘게 있었다. 업무환경은 열악했고 근무시간도 길고 오지에서 근무하는 등 가족들과 떨어져 사는 게 서글퍼 이직했다.

덕분에 집이랑 멀지 않은 곳에서 직장 생활을 하고 있다. 어릴 적부터 축구를 포함하여 취미가 많던 나였지만 지금은 접어두고 대부분의 여가 시간을 온전히 가족과 보내고 있다.

첫째가 돌이 되기 전 방글라데시로 파견근무를 간 적이 있다. 2년 넘게 가족들과 떨어져 외국인 고급 근로자로 일했었다. 한국으로 복귀한 뒤로는 무엇보다 경험이 소중한 자산임을 깨달았기에 주말은 꼭 아이들을 데리고 나가려고 한다.

퇴근을 하고 나면 저녁식사 후 설거지도 하고 젖병도 닦는다. 그 뒤론 아직 어린 둘째보다는 학교에 들어가는 첫째와의 목욕, 공부도 가르쳐주고 치실을 한 뒤 재우기까지 담당한다. 와이프가 콧방귀를 뀔 수도 있지만, 나름대로의 철학은 첫째에게 알려주려고 노력 중이다. 물론, 정주영 회장님이 말씀하셨든 자식 농사는 맘대로 안 되는 것 같지만….

직업의 특성상 국적을 막론하고 많은 아버지를 만날 수 있었다. 건설 현장 특성상 특히 삶의 수준이 높지 않은 건설 현장 일용직에 종사하는 아버지들을 많이 봤다. 사업을 하다가 망하신 분, 사기당하신 분 등 가정 형편이 어려우신 분들이었다. 방글라데시의 경우 건설 현장에서 한

달 꼬박 일을 하면 한화 기준 평균 20~25만 원 정도 받아 갈 수 있다. 이걸로 자기 가족과 부모님을 부양하는 착실한 아버지들도 있었다. 하물며 동생네 가족까지 먹여 살리는 모하메드 씨도 만났다. 한 달 25만 원으로 세 가족이나 부양해야 한다니.

국내 건설 현장의 경우 위치나 건축물의 특성에 따라 다르겠지만 조선족 노동자의 비율이 70%가 넘는다. 대부분 현지 중개업자(일명 브로커)를 통해 홀몸으로 한국에 와서 서울의 구로, 금천 지역에 자리 잡는다. 2~3명이서 방 한 칸을 쓰는 것은 물론 많게는 6~8명까지도 한 방에서 같이 지낸다. 그렇게 몸뚱어리 하나 가지고 와서 주거비용까지 아껴가며 번 돈을 중국 현지에 있는 가족들에게 송금한다. 신기한 건, 이렇게 가족들과 떨어져 지내다가 자연스레 멀어져 쓸쓸한 노후를 맞이할 것을 예상하는 분들도 많았다. 예전 우리나라에서도 기약 없이 독일로 파견된 광부나 간호사가 이랬지 않았을까?

자연스레 이렇게 힘드신 분들을, 그러면서도 가족들을 알뜰살뜰 챙기는 사람들과 사회생활을 하다 보니 나 또한 삶의 무게가 가족으로 좀 더 쏠리는 듯하다. 그저 옆에서 아이들이 커가는 모습을 지켜보면서, 그리고 무언가를 배우고 성장하는 모습을 볼 수 있다는 것, 그 자체가 이제는 나의 취미가 되어가는 것 같다. 이직한 뒤로는 건설 현장에서 했던 격주 토요일 출근도 하지 않는다. 이직이 확정되자마자 토요일에 첫째 아들과

할 수 있는 프로그램을 찾았다. 그렇게 축구교실에 등록하게 되었다. 지금은 매주 토요일 축구교실을 가는 게 너무나도 좋다. 첫째도 축구를 좋아하게 되어 더 좋다. 이제는 또래들과 경기를 하면 제법 골도 넣는다. 골을 넣으면 나와 하이파이브를 하기 위해 달려온다. 주변 엄마들은 그런 모습을 보며 웃는다. 가끔은 주제 넘는 아빠의 전술 지시에 짜증이 날 법도 한데 자기 위치에서 꾸준하게 제 역할을 하는 모습을 보면 뿌듯하다.

가끔 축구교실이 끝나고 집으로 돌아오는 길에 차 뒷좌석에서 잠든 첫째의 모습을 보면 너무나도 예쁘다. 그때마다 '이 좋은 걸 우리 아버지는 왜 못하셨을까?' 하는 생각이 든다. 몰라서 못하셨던 걸까. 아니면 그냥 혼자 계시고 싶었던 걸까. 그 속내는 알 수 없지만, 지금까지 흘려보낸 시간들을 돌이켜보면 쓸쓸한 건 사실이다.

한 가정에서의 엄마는 위대하다. 하지만 아빠의 역할은 험난하다는 생각이 든다. 가장의 역할, 남편의 역할, 아빠의 역할, 회사에서의 역할 등 빠져나갈 구멍이 많지 않다. 아버지는 아파도 아프다고 하지 못하고 힘들어도 힘들다 하지 못한다. 하지만 그럴수록 가족들과 더 시간을 보내고 대화를 해야 하지 않을까 하는 생각이 든다. 나이가 들수록 어릴 적부터 사귀었던 수많은 친구는 몇 남지 않고 결국 가족만 남기 때문이다. 남보다 못한 가족이 되는 경우도 있지만, 힘들어도 내 편이 되어주는 건 가족뿐이다.

지금이라도 우리 아버지께서 이 사실을 깨닫고 남은 인생을 엄마와 우리 가족들을 위해 썼으면 좋겠다는 생각이 든다. 앞서 만났던 수많은 건설 현장 일용직 근로자분들처럼 악착같이 뭔가 해달라는 것이 아니다. 단지 그냥 흘려보낼 수도 있는 시간을 더 가치 있게 쓸 수 있었으면 좋겠다. 더욱 늦어지기 전에. 더 늦어지기 전에. 늦어져 후회하기 전에.

8

내가 되고 싶은 아버지란?

젊음을 유지하고 계시긴 하지만 가끔은 철부지인 우리 아버지를 보며 '나는 어떤 아버지가 되어야 할까?'를 고등학생 때부터 생각해왔던 것 같다. 남들의 눈을 의식하기 시작하는 사춘기를 겪고 나서부터 다른 친구들의 아버지와 비교를 하거나 TV를 보며 '올바른 아버지란 무엇인가?'를 생각해왔다. 앞장에서도 말한 것처럼 남성에게는 경제적 역할, 남편의 역할, 아빠의 역할이 주어진다. 나 또한 완벽하게 지키지는 못한 실정이지만 다짐의 일환으로 각 역할에 대해 나의 생각을 써보고자 한다.

먼저, 경제적 역할을 하는 아버지. '가장'을 사전에서 찾으면 '1. 한 가정을 이끌어 나가는 사람. 2. '남편'을 달리 이르는 말'이라는 뜻풀이가 나온다. 요즘은 여성의 지위가 예전보다 높아졌기에 첫 번째 뜻으로 통용되는 경우는 거의 없는 것 같다. 다만, 아직까지는 '경제적'으로 가정을 이

끌어가는 역할을 아버지들이 담당하는 경우가 더 많다.

초등학교 시절 축구부 활동을 할 때, 다른 아이들은 다 엄마들이 차를 타고 훈련장으로 데리러 왔는데 나만 아빠가 왔다. 신기해서 친구들에게 물어본 적이 있다. 아버지는 회사에 계신다는 답변이 대부분이었다. 당시는 대부분의 아버지가 회사를 다닌다는 게 신기했는데 지금은 나 또한 평범한 회사원이 되었다. 아마도 똑같이 대학교를 나오고 직장 생활을 시작하는 것이 쉬우면서도 평범한 길이지 않았을까 싶다. 아이가 둘 있는 지금까지 계속 회사 생활을 하며 가정경제를 전적으로 담당하고 있다. 아내는 내가 해외에서 복귀한 시점인 약 4년 전부터는 육아에 전념하고 있다. 물론, 넉넉지 않은 월급으로 인해 무인카페라도 하나 더 해야 하나 하다가도 홑몸이 아니기에 실패했을 때 나락으로 떨어질 걸 생각하면 막막하기도 하다. 하루에도 몇 번씩 생각해 봐도 답답한 건 사실이지만 부담감을 오롯이 스스로 감당하고 있는 것이 이 시대의 아버지가 아닐까 하는 생각이 든다.

다음으로, '남편'의 역할. 생각해 보면 나는 결혼할 때도 화려한 프러포즈를 하진 않았다. 그럼에도 예물로 명품 가방은 했기에 지금의 가정이 있는 걸까. 다만, 키도 크지도 잘생기지도 않은 가진 것도 없는 나를 믿고 결혼하고 눈에 넣어도 아프지 않을 아이들을 낳아준 아내에게 평생 감사하며 살 예정이다. 그리고 아내에게 잘하는 게 결국 나에게 잘하는 것도 깨달았다. 물론 이렇게 얘기하면 완벽한 남편 아닌가 생각할 수도 있지만 잘 못해준 것이 많다. 상처 준 적도 많고 아내 눈에서 눈물이 나오게 한 적도 있다. 다만, 마음에 안 들면 입을 다물고 그 자리를 피하는 성격 탓에 욕을 한 적은 없다.

첫째가 200일이 조금 지난 시점에 해외 파견근무를 가게 됐다. 미국, 유럽, 동남아와는 달리 한국인도 별로 없고 삶의 수준도 많이 다른 방글라데시였기에 같이 갈 수 없었다. 그래서 나에게는 첫째의 귀여운 시절을 함께 보내지 못했다는 그늘이 가슴 한편에 있다. 그리고 처가의 도움을 받아 같이 맞벌이하며 육아를 한 아내에게도 감사함이 있다. 4개월에 한 번씩 나올 때마다 쑥쑥 커 있는 아이와 피곤해 보이는 아내를 보면 두둑한 통장과도 바꿀 수 없는 허전함이 있었다. 그렇기에 한국으로 복귀한 뒤로는 생활패턴을 가족에 좀 더 중점을 두게 되었다.

요즘은 회사뿐만 아니라 퇴근하고 집에 가서도 시간이 정말 잘 간다. 퇴근하고 집에 가면 저녁식사를 한다. 그리고 간단하게 쓸고 닦는다. 끝나면 첫째를 씻기며 나도 씻는다. 마지막으로 수학, 영어, 국어 문제집까지 같이 풀고 나서 치실 후 잠이 든다. 이렇게 하면 힘들 겨를이 없이 밤 9시 반~10시가 된다. 그리고 아침에 일어나 회사를 간다. 처음에는 내 시간도 없고 힘들었지만 익숙해진 지금은 이 시간을 가장 즐기고 있다. 이렇게 하지 않으면 아내에게 밥을 얻어먹지 못해서가 아니다. 기한 없는 육아의 무한궤도에서 오는 스트레스를 조금이라도 덜 수 있다면 그로써 충분하다고 생각한다.

마지막으로 아이들에게 좋은 아빠가 되고 싶다. 같이 시간을 보내는 것을 포함하여, 내가 많이 부족했었고 그래서 후회가 되는 부분에 있어 아이들에게 전수를 해주고 싶다. '책 읽는 습관'과 '금융에 대한 이해'가 바로 그것이다.

나는 어릴 적부터 책과는 거리가 멀었다. 조금 핑계를 대자면 맞벌이하는 부모님 밑에서 자랐고 특히 어머니는 책을 많이 보라고 하셨다. 다만 당신께서는 책을 읽지 않으셨기에 어떻게 책을 읽는지도 몰랐고 '엄마도 안 읽으면서.'라는 반감 아닌 반감이 생겼다. 심지어 어린 시절에는 독서를 만화책부터 시작하는 경우가 많은데, 만화책 빌려 읽다가 엄마한테 호되게 혼난 적도 있다. 그렇게 교과서나 참고서, 대학교재를 제외하곤 정말 책을 단 한 쪽도 보지 않았다. 직장을 다니면서도 마찬가지. 그보다는 다른 취미, 특히 아버지를 닮아 공 차는 것을 즐겨 했다.

그러다 최근 이직을 하면서 아침 시간을 활용하게 되었다. 건설 현장 특성상 새벽 6시 반 전에 사무실로 가기 위해 일찍 일어나던 습관을 9 to 6인 지금의 직장 생활에서도 유지하고 있다. 아침에 자동으로 눈은 떠지고, 누워서 휴대폰만 보기에는 시간도 아깝고 눈도 아팠다. 그래서 일단 사무실로 출근하게 되었고, 내 집 마련을 위한 책을 읽게 되었다. 하루에 한 쪽이라도 읽자는 마음으로 시작했고 이러한 습관을 1년 정도 유지한 지금은 한 달에 10권 정도 읽는다. 3일에 두 권 정도 읽다 보니 어느덧 1년간 120권을 읽게 되었다. 독서가 이렇게 재미있는 거라니! 정말이지 과거의 쓸모없이 흘려보낸 1분 1초가 너무나도 아깝다는 생각이 들었다. 진작에 책 좀 볼 걸 후회하기도 했다.

이런 작은 습관의 힘을 알게 되었고 지금은 첫째를 데리고 격주 일요일에 도서관을 간다. 처음에는 30분만 있었는데 지금은 3~4시간 있다. 물론 책만 읽는 것은 아니다. 집에서 하는 보드게임도 하고 블록놀이도 하고 간식도 먹고 도서관 주변 아파트 단지 놀이터에도 간다. 점점 재미를 붙여가고 있다. 초등학교 들어가면 매주 일요일에 가는 걸로 약속했다. 이렇게 책을 읽으면서 많은 사람의 귀한 경험도 공유하고 자기만의 사고를 할 수 있는 사람으로 자라기를 바란다.

또한, 자본주의 시대에 살아가기 때문에 '돈'에 대한 이해가 필수라고 생각한다. 돈을 벌기 위해 주식이나 암호화폐로 일확천금을 벌라는 것이 아니다. 간단한 금융에 대한 이해도를 전수해 주고 싶은 마음이다. 특히나 '복리에 대한 이해'와 살아가는 데 있어 필수재 성격의 '부동산'에 대해서는 직접 돌아다니면서 알려주고 싶다. 그래서 나도 공부하고 있다.

그렇다고 황금만능주의를 알려준다거나 돈만을 중요하게 생각하라는 건 아니다. 돈 때문에 사람을 잃지 말라고 가르쳐 줄 예정이다. 돈을 통해 우리가 누릴 수 있는 장점들에 대해서 체계적으로 알려주고 싶다. 직장인 외에도 돈을 버는 방법은 많다고, 세상은 넓고 직업은 다양하다는 것도 알려주고 싶다.

독서와 배움을 통해 넓은 세상을 보는 방법, 그리고 돈에 대한 이해를 통해 본인 스스로 자립하고 자신만의 꿈을 키울 수 있도록 성장했으면 좋겠다. 그리고 그런 미래를 그릴 수 있도록 도와주는 길잡이 같은 아버지가 되고 싶다.

마음만은 늘 청춘인 우리 아버지, 사랑합니다

네 번째
우형택

무에서 유를 창조한 아버지

1

한평생 멋지게 살겠다는 아버지의 꿈

나는 최근에 퇴사를 강행했다. 지금은 사업을 구상 중이다. 젊은 나이에 퇴사를 강행하면서 주변에서 말리는 사람들도 많았지만, 나에게는 또다른 인생을 준비하는 도전이었다. 안정적인 직장을 나와 새로운 도전을 할 수 있었던 것은 바로 우리 아버지의 영향이다.

나의 아버지는 1953년 8월 1일, 제주도 서귀포시에 있는 서광리라는 작은 마을에서 태어났다. 어린 소년기 시절, 가난한 환경에 태어났다. 먹지도 못하고 춥고, 배고프게 살다 보니…. 아버지는 부자가 되겠다는 꿈을 가졌다고 했다.

"나는 성공한다! 나는 부자가 되겠다!"

아버지는 당찬 포부를 마음에 새기며 제주도 서귀포 앞바다에 뛰어들어 물을 허겁지겁 먹었다. 제주도 바닷물은 내가 다 먹겠다는 각오와 함께 멋지게 살아보겠다고 다짐했다. 객기를 가진 소년이었다. 아버지는 가진 거 하나 없이 시골에서 농촌형 도시로 가셨다고 한다. 가진 거 없어도 닥치는 대로 일을 시작하셨고, 열심히 일을 한 덕에 한국 전력회사에 취업하게 되었다.

청년 시절 아버지는 자신감과 패기가 넘쳤다. 어떤 일이든 먼저 하겠다고 나서는 자세와 도전을 두려워하지 않으셨다. 그러다 멋지게 성공하겠다는 자신의 꿈과 월급을 받는 현실 사이의 괴리감이 맞닥뜨렸다.

"이렇게 살다가는 부자가 될 수 없어! 다시는 나의 후손들에게 춥고, 덥고, 배고픈 가난한 환경을 물려주고 싶지 않아!"

부자가 되겠다는 꿈에 대한 열망으로 퇴사를 결심하셨다고 했다. 아버지는 그 꿈을 이루고 실현하기 위해 바로 행동으로 옮겼다.

현재의 나는 남들이 부러워하는 대기업에 취업하고, 그 후 금융권으로 이직하고, 2023년 6월 말에 퇴사하게 되었다. 새로운 도전을 하고 싶어 자신감 있게 퇴사했지만, 코로나19로 인한 영향으로 경제적 상황이 좋지 않은 상황 속에서 안정적인 회사를 그만두니 막연한 두려움이 밀려왔다. 현실을 생각하면 어깨가 무겁다. 걱정되는 마음과 불안한 상황 속에서 고정적으로 받는 월급을 포기하고 새로운 도전을 한다는 것은 결코 쉬운 일이 아니다.

두려움보다 젊은 패기와 꿈을 향해 도전했던 아버지가 새삼 존경스러웠다. 대부분 사람은 꿈을 위해 혹은 좋은 직업을 갖기 위해 공부를 열심히 하고, 일도 최선을 다해서 한다. 아버지도 오랫동안 일을 하셨다. 힘들게 직업을 갖고 안정적으로 살아갈 수 있었다. 그런데도, 새로운 도전을 한 아버지가 자랑스럽다. 시대적으로 현재보다 더 암울한 분위기였겠지만 아버지는 힘든 시절 속에서도 도전을 꿈꾸는 멋진 청년이었을 거란 생각이 든다.

아버지는 그렇게 퇴사했지만, 대책 없이 그만두셨다고 하셨다. 종잣돈으로 작은 레코드 가게를 하게 되었다고 했지만 얼마 못 가 망했다. 아버지의 첫 사업은 실패하셨다. 하지만 내 기억 속 아버지는 사업에 실패했다고 해서 슬퍼하지 않으셨다. 오히려 다시 도전하곤 하셨다. 아버지는 내가 어렸을 때 술 한잔 기분 좋게 드시고 오시면 이런 말씀을 하곤 했다.

"아들아, 이 세상에 정답은 없다. 인생의 정답이란 건 없으니 항상 꿈을 갖고, 도전해라. 혹여나 실패하더라도 너의 인생이다. 실패도 받아들일 줄 알고, 다시 도전하는 마음으로 살아야 한다."

나 또한 회사에 다니고 있더라도 현실에 머무르지 않고 자립하고 경제적으로 독립하는 주체자의 삶을 살겠다는 마음을 갖고 살았다. '평생 양으로 편하게 사느니 단, 하루를 살아도 작은 사자로 살겠다.'라는 말처럼 나의 신념은 항상 도전하는 마음을 가진 아버지를 닮았다.

1960년도 세대의 부모님은 6.25전쟁 직후 경제적으로 궁핍한 시절을 보냈다. 가난했기 때문에 먹고살기 위해서 수단과 방법을 가리지 않고 이 일 저 일을 하셨다. 은행에 대출받아 전기공사 건설업에 한 번 더 도전하셨다고 했다. 힘들었던 시절, 이런 도전 정신이 정말 대단하다고 느낀다. 사업에 관해서 따로 배운 적이 없고 모든 게 처음이다 보니 많은 사람은 사업이 어렵다고들 한다.

실제로 사업으로 성공하기란 어렵다. 하지만 아버지는 그 시절에 대출받고 사업을 실행했다. 특별한 인맥이나 전문기술이 없는 상태에서 어떻게 전기공사 건설업에 도전할 수 있던 것인지 어떻게 보면 그 무모함이 조금은 이해가 안 되기도 한다. 어떻게 보면 그 실행력과 도전 정신이 대단하다는 생각이 든다. 그때부터 아버지는 자기 회사를 차리고 사장님이 되어 주체적인 삶을 사셨다. 아버지의 말씀으로는 전기공사 건설업으로 돈을 많이 벌고 사람들이 인정할 만큼 성공을 하기도 했다고 하셨다.(하지만 IMF로 아버지의 사업이 실패해 단칸방에 살기도 하고, 월세살이를 20년 넘게 했던 시절이 있고, 나도 부모님께서 힘들어하셨던 그 시절의 이야기를 생생하게 듣곤 했다.)

우리 부모님은 4남매를 대학교까지 졸업시켰다. 자식들이 성인이 되어 결혼하고, 그 자녀의 손주까지 보게 되었다. 큰 부자는 아니지만 밥 안

굶을 정도의 자산을 일궈내셨다. 아버지의 꿈이었던 성공의 그 기준을 잘 모르겠다. 아들이 본 시선에는 부자가 되겠다는 그 꿈은 어느 정도 이루신 것 같다. 하지만 아버지는 꿈을 실현하기 위해 30년 동안 운영하시는 작은 구멍가게에서 아직도 일을 하신다. 아버지를 보면 성공의 기준은 자기만족이 아닐까 싶다. 70대 노인이 되신 아버지께서 아직도 부자가 되겠다는 젊었던 시절의 꿈을 실현하기 위해 일을 하시는 모습이 존경스럽지만, 아들로서 마음이 참 아프다.

답답한 철부지 아들은 "아버지! 이제 충분히 일궜으니, 어머니와 여행 다니시면서 맛있는 음식도 드시고, 편안하게 노후를 보내시면 안 되겠습니까?"라고 말씀드렸지만, 듣지 않으셨다. 아버지는 아직도 어릴 때의 가난하고 힘들었던 때를 떠올리며 자식들이 다시는 가난하게 살지 않게 한다는 책임감 있는 마음이 아닐까 하는 생각이 든다.

이렇게 한평생 고생하시면서 가난을 대물림하지 않겠다며 가장이라는 무게를 이겨내시고, 자식들 교육과 생계를 책임지시느라 힘들게 살아오신 아버지. 이번 책을 쓰면서 여쭤보고 싶다. "아버지, 부자가 되겠다는 젊은 시절의 꿈은 이루셨나요?" 그의 대답이 궁금하다. 자기만족이 성공의 기준이라면 아버지는 꿈을 이루지 못했다고 할지 모른다.

아버지의 도전 정신과 책임감을 물려받았는지 나도 성공하고 싶다. 한평생 멋지게 살고 싶다. 지금은 나이가 들어버린 아버지를 대신해 젊은

시절 아버지의 패기와 도전 정신을 아들이 내가 이어받아 아버지의 꿈을
이어서 이뤄나가고 싶다.

우성전기공사 건설업 대표 시절의 아버지

2

9평짜리 단칸방에 살아야 했던 마음

아버지는 결혼한 후, 4명의 자녀를 키우시면서 남부럽지 않은 삶을 사셨다. 좋은 차와 함께 전기공사 사업은 승승장구 잘 풀렸다. 아버지는 이른 나이에 성공하였다. 평온했던 날도 잠시 위기가 찾아왔다. 경제위기가 찾아와 미수금을 받지 못했다. 버티다가 결국 직원들 월급을 못 주는 상황까지 이르게 되었다. 아버지께서 운영하신 회사는 부도가 났다. 부자가 되겠다는 아버지의 꿈과는 멀어지게 되었다. 부자는커녕 은행에 빚을 지게 되어 더욱 가난하게 되었다. 당시 나는 갓난아기였다.

4명의 자녀를 두고 회사 부도를 맞이하게 된 아버지의 마음은 어땠을까? 실패의 좌절감으로 무섭기도 하고, 겁이 나기도 하고, 심리적으로 얼마나 버틸 수 있을까? 라는 생각이 든다.

겪어보지 못한 사람은 이해하지도, 공감할 수도 없을 것이다. 그런 고난과 역경을 이겨내신 아버지가 대단하다. 어머니께 들은 바로는 당시 아버지는 너무 큰 충격에 휩싸여 현실을 부정하셨다고 했다. 회사 대표에서 하루아침에 거지꼴이 된 셈이다. 365일 내내 술만 드시고 정신을 못 차리셨다고 하셨다.

9평짜리 단칸방으로 이사를 하게 되었다. 어느 날, 첫째 누나가 말했다.

"아빠, 우리 집은 왜 이렇게 좁아?"

아버지는 아무 말 없이 그저 미소만 보였다고 누나들에게 들었다. 집 근처 놀이터에서 아버지랑 놀았던 기억이 있다고 하였다. "힘들다. 괴롭다. 죽고 싶다." 한숨만 쉬며, 늦은 밤 아버지는 그네에 앉아 소주와 함께 담배만 피웠다고 했다. 나는 그런 아버지가 얼마나 힘드셨을지 이해가 된다. 나도 아내와 결혼하고, 안정적으로 살고 있었다. 하지만, 월급쟁이 외벌이로는 풍요롭게도 우리 가족을 지키기에는 부족했다. 그래서 결심했다.

"여보, 우리 아직 젊으니까 지금 집을 전세로 주고 은행 빚 갚고 남은 전세금으로 사업하자."
"자기가 원하면 그렇게 해요."라고 아내는 응원해 주었다.

그래서 우리 가족은 다가구 12평 투룸 월셋집을 구해 이사하게 되었다.

"혹시 무슨 일 있으세요? 아파트에서 이렇게 좁은 집으로 이사를 하세요?"

이삿짐센터 소장님이 말했다. 이삿짐센터 소장님이 가시고 우리는 정신적 파탄이 왔다. 30평 아파트 살림에서 12평 살림으로 오게 되니 짐 때문에 집이 더욱 작게 느껴졌다. 나와 아내는 서로 마주 보며, 허탈한 웃음과 미소를 지었다. 하지만, 아내의 눈빛에서 '잘 선택한 게 맞을까…?' 이런 표정이었다.

나랑 나의 배우자와 아들 이렇게 3명이 함께 투룸에서 살게 되었는데, 큰 집에서 작은 집으로 가게 되어 적응하는 데 시간이 걸렸다. 너무나 답답하게 느껴졌다. 나도 9평짜리 단칸방보다 넓은 투룸에서 온갖 감정을 느꼈는데 아버지는 얼마나 힘드셨을까?

9평 크기의 단칸방은 거실 겸 방, 부엌 구조로 되어 있었고, 화장실은 밖에 있었다고 했다. 밤이 되면 누나들은 "아빠 무서워요!"라고 자주 말했다. "찍찍! 찍찍!" 밤에는 천장에서 쥐들이 움직이는 소리와 쥐의 배설물로 인해서 천장이 동그랗게 나왔다고 했다. 그리고 바퀴벌레도 날아다니고, 어린아이들과 살기에는 환경이 최악이었다.

나도 12평 투룸으로 이사를 하였을 때 나의 선택으로 처자식이 고생하는 걸 보고 마음이 아팠다. 아버지 또한 미안한 감정과 가족들을 보며, 얼마나 슬펐을까? 생각이 든다. 아버지는 처음 레코드 가게와 전기공사 건설업 사업 실패에 맞서 3번째 위기가 찾아왔다. 2~3년 동안 아버지는 방황했고, 어느 날, 울면서 어머니는 말했다.

"당신 만나고 너무 힘들어서 같이 못 살겠어. 이러려고 결혼한 거냐! 우리 이혼해요."

"미안해요. 당신 힘들게 하고 내가 아직 정신을 못 차린 것 같아. 당신이 정말로 원하면 이혼하겠어. 하지만 지금은 아니야."

아버지는 어두운 표정으로 말했다. 단칸방 생활을 하시면서 심리적으로 위축되고 아주 힘드셨을 텐데 아버지께서는 "지금은 아니야."라고 단호하게 말했다. 자식들을 지키려는 마지막 책임감, 희망, 도전에 의미였을 것이다. 아버지께서는 그날 망치로 머리 한 대를 맞은 느낌이라고 말씀하셨다. 그날 이후 정신을 차리셨다. 술을 먼저 끊으시고, 방향성을 잡기 시작했다.

작은 일부터 시작하시고, 정상적인 삶의 루틴을 잡으셨다. 길을 가다가 다 망가진 손수레를 줍고 수리하여, 이것저것 노점상으로 팔기 시작했다. 그는 그날을 잊을 수 없었다고 했다.

사장님에서 길거리 노점상인 일밖에 못 하는 자신이 초라하게만 느껴졌다. 기술이 없었다고 했다. 할 수 있는 일을 했다고 했다. 하루하루 고된 하루를 보내며, 기술도 생기면서 장사에 맛을 느꼈다. "여보! 오늘 이만큼 팔았다." 희망이 보이기 시작했다. 조금씩 저축하고 돈을 벌기 시작했다. (어렸을 때 주변 지인분들이 아버지를 파인애플 아저씨라고 불렀었다.)

내가 어린이집을 다닐 무렵, 우리 집은 9평 단칸방에서 1층 단독주택 월세살이로 이사를 하게 되었다. 그 시절 나는 우리 집이 자가인 줄 알았는데, 성인이 된 이후 우리 집이 아니란 걸 알았다. 아버지는 365일 술만 드시며 방황하시던 아버지에서 고난과 역경을 이겨내고 365일 장사만 하시는 아버지로 바뀌셨다.

나는 존경스러운 마음으로 아버지를 부르며 내 진심을 전하고 싶다. 아버지라는 이름을 부르며, 전해 드리고 싶다.

'아버지 고생 많으셨습니다. 그리고 감사하고 사랑합니다.'

말로 표현을 못해 글로 표현한다. 내 자식에게는 사랑한다는 표현을 잘 하는데 왠지 모르게 아버지에게 표현하는데 어색하다. 핸드폰 속에는 온통 내 아들 사진이다. 아버지 사진은 거의 없다. 부끄럽다. 나는 그때 그 시절 아버지가 희생하셨다는 것을 알았다. 9평 단칸방 생활을 하시면서 가족을 위해 희생하시고, 헌신하신 아버지를 편안한 존재로만 느꼈다.

나는 살면서 힘들고, 지칠 때, 아버지에게 의지하거나 종종 아버지께서 해주신 조언, 그리고 아버지 얼굴이 생각나기도 한다. 아버지께서 살아오시면서 고난과 역경을 이겨낸 그릇이 나에게도 삶의 지혜와 지금의 도전을 할 수 있었던 기반이 되었다.

3

도전하고 깨지는 것이 삶이라지만

"아저씨! 이거 얼마예요?"

"5,000원입니다."

"하나 주세요! 음, 맛있네요."

"저는 건강함을 팔고 있어요. 감귤이랑 파인애플 드시면 면역력이 좋아져서 감기 예방에도 좋고 비타민 섭취로 몸도 건강해집니다. 많이 사가세요."

사업에 실패하신 아버지는 제일 먼저 파인애플과 감귤을 팔았다. 그는 많은 실패 속에서도 도전하며 처자식을 먹여 살렸다. 도전을 통해 성장하게 되고, 도전하지 않으면 도태되거나 그 자리에 머물게 된다. 아버지는 사업 실패로 방황도 하셨지만, 실패를 경험했기에 문제 해결 방안과 자신을 좀 더 돌아보게 되었다. 더 좋은 방법을 찾고 시행착오를 겪으면서 도전하고 시도하여 실패를 통해 자신의 역량을 키우고 성장하며, 더 나아가고 있었다.

아버지께서는 장사가 결코 쉬운 게 아니라고 하셨다. 어느 날은 1개도 못 팔아서 매출이 없던 날도 있었다. 다른 하루는 많이 팔아서 하루 300만 원 이상 매출을 올리는 날도 있었다. 못 팔았다고 좌절하지 않고, 많이 팔았다고 자만하지도 않았다.

진상 고객 또는 이해할 수 없는 손님의 행동들을 온전히 받아들이며, 고객서비스에 신경을 써야 했다. 첫술에 배부르지 않은 것처럼 아버지는 처음부터 완벽하게 준비하여 장사를 시작한 게 아니었다. 허술한 부분도 많고, 대충하는 부분도 많았다. 그래서인지 도전 속에 고난과 역경이 찾아오고 시련 또한 겪으면서 문제를 해결하고 피드백을 통해서 보완하며, 성장해 나간 것이었다.

대부분 사람은 도전보다 걱정과 불안함을 먼저 생각한다. "할 수 있을까?", "이게 성공할 수 있을까?", "실패하면 어쩌지?", "복잡하고 어려워서 못 할 것 같은데?" 부정적인 단점과 안 된다는 생각, 위험성, 걱정부터 앞서게 되어 겁이 난다.

당연한 인간의 본능이다. 방어기제, 보호본능이다. 이러한 인간의 본능에 의해 도전하지 못하게 된다. 시도조차 하지 않아 시간만 흐르게 된다. 실패든 성공이든 우리는 도전하는 자세를 가져야 한다. 도전하지 않은 후회는 시간이 흐를수록 미련이 남아 점점 뚜렷해지고, 도전하여 실패한 일은 자기 경험과 관록으로 남게 되어 자기성찰로 인해 앞으로 나아간다.

아버지는 경험을 통해 나에게 가끔 이렇게 말씀하시곤 했다.

"아들아! 안 된다고 생각하지 말고, 어떻게 하면 될까? 어떻게 하면 문제를 해결할까? 라도 생각해야 해.", "도전하다 보면 실패할 때도 있다. 그것을 극복하고, 이겨내야 한다. 누구나 다 가만히 노력도 안 하고, 도전도 하지 않으면서 그냥 성공한 사람은 없다. 그러면 누구나 다 성공하지!"

아버지는 항상 도전이라는 키워드를 강조하셨다. 현재 나에게는 귀엽고 잘생긴 세 살 아들이 있다. 아들의 성장 과정을 보면 참 신기하다. 도윤이가 처음 태어나서 인생 100일 차쯤 뒤집기를 했다. 그 후, 기어다니면서 10개월 차쯤 한 걸음 두 걸음 넘어지고, 또다시 일어나 걸으려고 도전했다. 수많은 좌절 끝에 어느새 뛰고, 점프하는 세 살 아이가 되어 있었다.

이런 아들의 성장 과정을 보며, 나의 삶을 돌이켜 봤다. 우리는 살다 보면 도전하지 못하고, 시도조차 하지 않아 후회가 있던 적이 종종 있을 것이다. 한 번의 용기로 도전하면 후회하지도 않고, 경험을 쌓게 된다.

반면에 두려운 감정과 상상할 수 있는 걱정 때문에 상상할 수 없는 기회를 날렸을 것이다.

'아무것도 하지 않으면 아무 일도 일어나지 않는다'라는 말처럼 도전해서 무언가를 얻는 자세가 중요하다. 0 곱하기 1은 0이다. 0 곱하기 10은 0이다. 하지만 1 곱하기 1은 1이고 1 곱하기 10은 10이 된다. 아버지께서는 도전하고 깨지고 넘어지면서 1이라는 도전으로 발전해 나가고 성장해 나가는 것을 아들에게 가르쳐주고 싶은 것인지도 모른다.

사업 실패 후, 장사하시던 아버지,어머니와 나

4

무에서 유를 창조한다는 것의 의미

아버지와 어머니는 허니문 하우스라는 호텔 앞 장소에 작은 상가를 얻게 되어, 장사를 시작했다. 그리고 곧 무슨 문제인지는 잘 모르겠지만, 장사를 접게 되었다. (임차인이라 서러웠던 기억이 있으신 것 같다.) 그런데도, 다시 힘을 내어 작은 가게를 구하고, 파인애플과 감귤을 팔기 시작했다. 우리 4남매는 돌아가면서 방학과 주말에 일을 돕곤 했다. 나도 어릴 때부터 어깨너머로 장사 기술을 배웠다. 주변에서 설득력과 말발이 좋다고 한다. 아버지의 영향인 것 같다.

기억에 남았던 에피소드는 아버지께서 청귤을 팔았던 게 기억이 난다. 노란 귤은 잘 익은 귤이다. 오랫동안 거래해 오던 선과장 주인이 올해 귤 농사는 망했다고 하여 귤들이 덜 익었다고 했다. 당장 우리 식구들을 먹여 살리려면 팔아야 했다. 아버지는 초록 귤이라도 도매로 싸게 사서 손님들에게 팔기 시작했다. 당시 청귤이라는 호칭이 생소하였고, 모든 손님의 인식이 노랗게 익은 귤이 감귤인 줄로만 알고 있었다. 아버지는 말했다.

"청귤 팔아요. 청귤!"
"청귤이 뭐예요?
"청귤 모르세요? 너무 귀해서 안 팔다가 이번에 운이 좋게 구하게 되어서 팔게 되었습니다. 산에는 산삼! 바다에는 해삼! 감귤은 청귤! 일반 귤보다 비타민도 훨씬 많고 감기 예방에 너무 좋은 귤입니다."

청귤을 팔기 시작하면서 처음 보는 손님에게 재치 있게 아버지가 말했다. 그해 청귤은 빠르게 완판했다. 더불어 재주문도 들어오기 시작했다. 아버지께서는 가치에 대해 중요하게 가르쳤다. 가치에 따라 가격은 천차만별이라고 하셨다.

아버지는 귀하다는 희소성에 가치를 입히시고, 고객에게 비타민이 훨씬 많고 감기 예방에 좋다고 건강에 대한 가치로 청귤의 가치를 높여서 판매하셨다. 손님께서 맛있다고 했다. 택배 주문을 하셨다. 지나가던 다른 고객이 궁금증이 생기고 손님이 한 명, 두 명, 세 명씩 모이기 시작했다. 그리고 더 많은 사람이 모여서 사기 시작했다. 많은 사람이 구매해서 가치가 입증됐다.

당시 나는 신기했다. 지금 돌이켜 생각해 보면 아버지는 정말 대단한 작은 구멍가게 장사꾼 아저씨였다. 장사를 해보신 분들이나 사업을 해보신 분들은 알 것이다. 판매할 제품이나 서비스 가치를 사람들에게 노출하고 구매로 이어질 수 있도록 전환해야 한다. 구매를 할 수 있는 환경을 만든다.

아버지의 사업방식은 희소성, 건강의 가치를 제공함으로써 전략적인 설득 방법이었다. 1봉지만 살 수 있는 상황에서도 객단가를 높이셨다. 5kg, 10kg 상자 판매로 택배 패키지로 판매하셨다. 고객이 만족하여 아버지의 명함을 가져가시고, 재구매까지 일어났다. 나는 장사를 하시는 아버지를 통해 판매할 수 없을 것 같았던 제품에 가치를 입혀 팔 수 있는 제품으로 탈바꿈하여 무에서 유를 창조하는 생각을 배웠다.

나는 20대 후반에 영업 유통회사에 취업했다. 하루하루 판매실적을 보고하고, 마트 및 소매 슈퍼마켓에 유통하는 업무였다. 회사는 일일 목표, 월간목표, 연간목표를 달성하게끔 실적관리에 압박이 있었다. 판매실적이 좋았던 날도 있었고, 판매실적이 안 좋았던 날도 있었다. 나는 다소 어렸을 때 어깨너머로 배운 장사 기술이 도움이 되었는지 빨리 적응하고 실적도 괜찮게 유지가 되었다. 하지만, 회사에서는 전년 대비 판매실적을 120%씩 올리곤 했다.

내가 살아남기 위해서는 신규 거래처를 확보하기 위해 영업을 해야 했었다. 거래처에서 매출을 올릴 수 있게 묶음판매 전략 등 마케팅에 도움을 드렸지만, 매출을 올리는 데 한계가 있었다. 나는 시간이 날 때마다 신규 거래처 및 판매를 할 수 있는 곳에 찾아가 인사를 드리고 영업했다. 하지만, 실패했다. 거래처에 명함을 돌릴 때마다 오만가지 생각이 들었다. '또 거절하면 어쩌지?'라는 생각에 인사드리기가 망설여졌다. 생각이 많아지다 보니 부딪히기가 쉽지 않았다. 아버지께 조언을 얻으려고 연락을 드렸다.

"아버지, 장사라는 게 어렵고 힘드네요."
"아들아, 세상에 쉬운 것은 없다. 하지만 노력하고 부딪히다 보면 정답은 아니겠지만 비슷한 해결책을 찾을 수 있으니까 포기하지 말고 시도하고 도전해라."

나는 다시 한번 용기를 내어 인사를 드렸다. 또 거절당했다. 셀 수 없을 만큼 거절을 당하니 자존심도 상하고 자존감도 낮아졌다. 그런데 그 한 번의 용기로 많은 거절을 당했지만, 면역력이 생겼는지 거절에 대해 걱정, 두려움이라는 감정이 무뎌졌다. 비록 영업에 실패했지만, 아버지의 조언처럼 부딪히고, 행동으로 하다 보니 조금 성장한 느낌이 들었다.

나는 왜 거래처 사장님은 우리 회사의 제품을 거절했을까? 곱씹어 보게 되었다. 회사의 제품이 문제가 있어서라고 생각했다. 나의 방어기제로 인해 남을 탓하는 것이었다. 아버지였으면 이 제품을 어떻게 팔았을까? 생각해 보았다. 어떤 제품이든 가치를 제공하여 고객에게 만족감을 드리면서 팔겠지? 라는 생각으로 전환했다. 제품 탓을 하지 말고 어떻게 하면 나의 가치를 전달하여 만족감을 드릴지 고민했다. 그리고 나는 새로운 신규 거래처에 명함을 돌리러 가지 않았다. 기존에 거절했던 거래처에 찾아가 다시 웃으면서 인사드리러 갔다.

"왜 또 오셨어요?"

"아 사장님, 지나가다가 들렸어요. 부담 갖지 마시고 다음에 저희 제품 필요하시면 연락해 주세요."

이미 우리 회사에 제품을 거절한 고객이 5번도 넘게 거절하더라도 포기하지 않고, 가볍게 인사를 드렸다. 6번째 인사를 드리러 갔다. 이제는 나의 얼굴을 기억하셔서 인사도 받아주시고, 얘기나 들어 보자고 처음으로 커피를 마시게 되었다. (기쁘면서 예감이 너무나 좋았다.) 대화를 나누고 결국 거래하기로 했다. 나는 많은 영업 실패를 했지만, 한 번 성공의 맛을 제대로 느꼈다. 꽤 큰 우량 거래처였다. 회사에서는 어떻게 했냐고 직장동료들도 물어보고 상사도 좋아했다.

시간이 지나고 거래처 사장님과의 유대관계가 형성될 무렵, 나에게 말씀하셨다. 당신 회사 제품은 다른 회사 제품에 비해 상품 인지도가 약해서 거래할 마음이 없었는데, 자네가 몇 번을 거절했는데도 찾아와 인사를 하는 그 태도가 마음에 들었다고 하셨다. 이 사람한테 맡기면 관리도 잘 할 것 같고 판매도 잘 이뤄질 것 같았다고 생각이 바뀌게 되었다고 했다.

나는 깨달았다. 나는 회사 제품을 탓했을 때, 나부터 변화하자는 자세로 시작되어 나의 가치를 변화시키게 된 것이다. 고객은 제품을 보고 거래를 하지 않겠다고 했지만, 나의 성실함과 우직함의 가치는 알아봐 준다는 것을 깨달았다. 그 이후 나는 영업 기술이 하나 생기고 자신감이 붙어 일을 잘하게 되었다. 일을 잘하게 되다 보니 일을 재밌고 즐겁게 할 수 있었다. 이 모든 보이지 않은 가치의 변화는 아버지로부터 배우게 되었다. "나는 할 수 없어. 나는 못 해." 나 자신이 아무것도 없고, 능력이 없다고 느껴질 때 아버지로부터 배운 무에서 유를 창조하려는 긍정적인 자세와 마음가짐은 나에게 큰 힘이 되었다.

5

주도적인 삶을 살기 바라는 아버지의 마음

내가 초등학교 6학년 1학기 때쯤 월셋집에서 자가인 우리 집으로 이사하게 되었다. 어렸을 때 살던 집이 우리 집인 줄 알았는데 부모님께서 이사하시고 정말 행복한 모습으로 우리 집이라고 했다. 부모님께서 절약하고 고생하시면서 일궈낸 우리 집에서 짜장면을 주문해서 먹었던 기억이 있다. 지금 생각해 보니 우리 집은 배달 음식을 시켜본 적도 없고, 식구끼리 외식을 해본 기억도 거의 없었다. 어릴 때부터 대학 시절까지 가족들과 나들이를 가본 기억이 없다. 나의 기억이 왜곡된 것인지 집에 있는 사진첩을 보면 우리 가족이 나들이를 간 추억의 사진조차 없다.

그래서 나는 지금 아내와 아들과 함께 주말마다 나들이를 가고, 캠핑도 하고 추억을 최대한 많이 쌓으려고 한다. 아버지께서는 4명의 자식을 먹여 살리려고 어머니와 함께 365일 일만 하셔서 자식들과 좋은 추억도 남기지 못하셨다. 일만 하셨던 아버지와 어머니…. 우리 집이 생겨서 행복해하시는 모습이 인제 와서 돌이켜 보니 짠하고 슬프고 죄송스럽다.

이사를 간 집에는 나만의 공간이라는 내 방이 생겼다. 초등학교 때까지만 해도 나는 부모님과 함께 안방에서 같이 잠을 잤다. 이사를 하게 되어 내방이 처음으로 생겼다. 나는 너무나 기분이 좋았다. 침대도 생기고, 책상도 생겼다. 처음에는 혼자 잠을 자는 게 익숙지 않았다. 내 아들 도윤이는 200일부터 분리 수면을 했다. 나는 환경적인 부분으로 초등학교 때까지 부모님과 함께 잠을 잤지만, 내 아들에게는 조금 더 일찍 독립성과 자기 주도성을 배우게 해주고 싶어서 아내와 함께 상의 후 분리 수면을 한 것이다. 분리 수면을 통해 자신만의 공간에서 안정감을 느끼고, 자기 일을 스스로 해결하는 능력이 길러진다.

요즘 우리 아들은 "도윤이가…. 도윤이가 할 거야!"라고 말한다. 확실히 분리 수면이 자립적인 성장에 도움이 되는 것 같다. 나도 시기적으로는 늦은 감이 있었지만, 분리 수면을 하면서 조금씩 변화가 있었다. 아버지께서도 항상 나에게 독립심, 자립심, 책임감이라는 키워드로 강조를 많이 하셨다. 자신의 삶을 스스로 결정하고 행동한 것에 대해 자신이 책임을 지는 삶을 원하셨다. 나 또한 나의 아들도 위와 같이 살아가기를 바라는 아버지의 마음이다.

나는 초등학교 시절 내향적인 성향을 지닌 사람이었다. 그런 아들을 바라본 아버지는 누나가 3명이다 보니, 기세당당하고, 밝고 활발한 사람으로 자라길 바랐던 것 같다. 반장 선거나 회장 선거가 있으면 손들고 도전하라고 항상 말씀하시곤 했다. 나는 겁이 나서 처음에 시도조차 못했다. 손을 드는 용기가 없었고 시작하기도 전에 두려움을 가졌었다. 하지만 나는 도전조차 못해서 집으로 가기가 너무나 싫었다. 겁이 나고 두렵고 용기가 안 나서 손을 못 들고 혼자 마음속에서 끙끙대는 나 자신이 부끄럽고 싫었다.

중학교 3학년이 될 무렵, 나는 용기 내 반장을 하게 되었다. 단 한 번에 용기와 도전이 많은 변화를 가져다주었다. 떨리면서 설레는 긴장감으로 용기 내 머리 위로 손을 올리는 경험을 했다. 내게 너무나 특별한 경험이었다. 처음 반장을 하게 되어 아버지에게 자랑했다. 아버지는 너무나 좋아하셨다. 그 이후, 처음이 어려웠지, 나는 고등학교 3년 내내 반장과 선도부장, 대학 시절에는 과 대표까지 하게 되었다. 점차 나는 자기 주도적으로 변화하고 있었다. 처음에는 아버지께서 바라는 것이었지만, 그 영향이 주도적인 사람으로 성장하게 하였다. 반장이라는 경험을 통해 나는 점차 외향적인 성향으로 변화하기 시작했다. 한 학급을 대표하는 학생으로서 모범적인 행동을 하게 되고, 솔선수범하게 되는 사람으로 변화했다.

대학교 1학년 때 200명 정도 모인 대강의실에서 있었던 일이다. 교수님께서 첫날 자기소개를 하시고, 요즘 학생들은 부끄러움이 많은지 손들기를 꺼리고, 발표 능력도 없는 것 같다고 200명의 학생을 간접적으로 무시하셨다.

"여기서 손을 들고 제가 있는 강당 앞으로 나와 5분 연설할 수 있는 학생이 있을까요? 제안 하나 하죠. 손들고 자유 주제로 200명의 학생 앞에서 연설하면 이번 학기는 제 수업을 안 들으셔도 됩니다. 바로 A 학점 드리겠습니다." 고요한 분위기 속에서 누군가 손을 들었다.

"제가 하겠습니다."

나였다. 나도 모르게 손을 들고 하겠다고 한 것이었다. 지금 생각해 보면 무슨 패기로 손을 들었는지 모르겠다. 나는 당당한 발걸음으로 앞으로 나갔다. 진짜 머릿속이 하얘졌다. 교수님 옆으로 가니 모든 시선이 나에게 집중되어 있고, 강의실 의자에서 보는 시야와 교수님 옆에서 보는 시야가 너무나 달랐다. 이미 물은 엎질러졌고, 생각 정리 없이 가장 큰 목소리로 인사를 했다.

나는 나의 취미, 특기 그리고 장단점 등 나에 대해서 연설했다. 말을 마치고 박수갈채가 있었다. 큰 의미가 있던 연설은 아니었다.
교수님께서는 큰 의미가 있던 연설은 아니었다고 말했다. 많은 학생이

웃기 시작했다. 하지만, 교수님은 약속한 대로 A 학점을 줄 것이고, 지금 시간 이후부터 제 강의에 안 오셔도 된다고 하셨다. 이 학생은 아무나 할 수 있는 발표였지만, 용기를 내고 많은 학생 앞에서 발표했다는 행동이 대단한 용기라고 하셨다. 나는 웃으면서 "감사합니다."라고 말하고 진짜 강의실에서 나왔다. 그 학기에 그 강의는 A 학점을 받았다. 같이 강의를 받았던 친구가 너무 놀랐다고 했다. 자기는 손들 생각조차 하지 않았는데, 너는 바로 손을 들고 행동한 모습이 인상 깊었다고 했다.

또 한 번은 영어 수업 시간이었다. 영어는 나에게 먼 나라의 언어처럼 느껴지는 수업이기도 했다.

"영어로 자기소개하실 분 있나요?"

아무도 손을 안 들고 고요했다. 이번에도 손을 들고 앞으로 나갔다. (나는 영어를 진짜 못했다.)

내가 알고 있는 단어를 조합하여 문법도 다 틀리게 영어로 자기소개를 했다. 모든 학생이 비웃기 시작했다. 하지만, 교수님은 신기했는지 영어를 이렇게 못하는데 어떻게 손들고 발표할 생각을 한 것인지 나를 너무나 높게 평가하셨다. 비웃는 학생들 앞에서 교수님은 여기 앉아 있는 여러분들보다 영어를 못하지만, 손을 들고 나와서 발표한 행동에 대해서

극찬했던 경험이 생각이 난다.

아버지께서 바라는 주도적인 삶을 살아가기 위해 학창 시절 때부터 습관처럼 몸에 밴 행동이 나를 용기 있는 사람으로 변화시켰다. 그리고 그런 용기 있는 행동들이 자신감 있는 나를 만들었고 지금까지도 좋은 밑거름이 되어주고 있다.

남들은 비웃지만, 나 자신이 선택하고, 그 선택한 것에 대해 행동하고, 그 행동에 책임을 지는 것이야말로 주도적인 삶이 아닐지 싶다.

6

산전수전을 묵묵히 견디시다

대학교에서 왼손에는 007가방에 카키색 제복을 입고 늠름한 모습으로 걷고 있는 분을 보았다. 나는 그 모습이 인상 깊었다. 궁금증이 생겨서 찾아봤다. 해병대 ROTC 장교 후보생이었다. 나도 근사한 제복을 입고 저 선배님처럼 장교로 입관하고 싶었다. 군에 가는 것을 미루고 장교 후보생 시험에 도전하게 되었다. 1차 필기시험을 보고 2차 체력 평가, 3차 면접을 통해 합격했다. 기쁨도 잠시 3학년 1학기 시작 전에 머리를 자르고 가입단 훈련이라는 군입대 첫 입소를 시작하게 되었다.

키는 186㎝ 정도에 체격은 90kg 정도 보이는 신체조건의 압도적인 모습으로 누군가 다가왔다.

"빨리빨리 움직이란 말이야."

"본 소대장이 지시하면 복명복창한다. 알겠어?"

"네 알겠습니다."

지시어로 명령하는 군 생활이 적응이 안 됐다. 시작부터 압도적인 포스로 모든 장교 후보생을 긴장하게 만들어 군기가 바짝 들게 했다. 동기생 중 누구 하나 실수하면 연대책임으로 체력단련을 하곤 했다. 그렇게 2주라는 가입단 훈련을 마치고 고향으로 왔다.

"아버지~ 어머니~!" 2주 동안 무슨 일이 있던 것인지 5kg 감량을 하고, 쉰 목소리로 돌아와 아버지, 어머니는 놀라셨다. 그 이후 나는 입단을 하게 되고 꿈에 그리던 장교 제복을 입게 되었다. 아버지는 입단식에 아들을 바라보시면서 흐뭇하게 웃으며 좋아하셨다. 자랑스러운 아들로 다시 태어난 기분이었다. 2년이라는 시간 동안 군사학 공부와 장교 후보생의 고된 훈련을 이겨내고 드디어 육해공해병대 5천여 명 정도 모여서 장교 통합 임관식을 하게 되었다. 그날, 대통령을 비롯한 내외 귀빈, 가족 친지 등 2만여 명이 참석하여 성대하게 열렸다. 나의 인생에서 손꼽을 만큼 인상 깊었던 날이었다. 부모님께서 소위 계급장을 달아주시고는 눈물을 글썽이셨다.

내 인생에서 제일 효도를 해드린 기분이었다. 부모님께서 고향으로 내려가시고 나는 초군반 교육을 위해 전국대 ROTC 동기들과 함께 입소하였다. 이제 내 인생의 첫 군 복무와 사회초년생의 길을 시작하게 되었다. 초군반 교육을 마치고 김포 마송시에 있는 독립중대로 발령받았다. 전국 가지각색에 출신들의 장병들과 간부들이 있었다. 인사를 나누고 소대장실로 들어갔다. 선배들은 나를 군기 잡기 위해 온갖 잡일을 시키고, 혼자 야근하고 선배 장교와 중대장님은 퇴근하였다. 이게 말로만 들었던 군 생활인 것을 느끼기 시작했다. 3개월을 참고 견디다가 나도 모르게 심리가 흔들려 중대장님께 한 말씀 드렸다.

"저는 언제 퇴근합니까!"

중대장님은 놀라시면서도 화가 나서 나를 중대장실로 오라고 지시하셨다. 중대장님과 언성 높게 말다툼을 벌이다가 행정관이 말려서 멈추게 되었다. 자칫 하극상이 벌어질 수 있는 상황이었다. 중대장님과 나는 마음을 추스르고 대화로 잘 풀었다.

나의 참을성이 부족한 부분도 있었지만, 참는다고 해결되지 않은 부분도 있다. 누군가가 나를 괴롭히고 있다. 그저 참고만 있으면 결국 나를 약자로 보고 더 괴롭힌다. 견디다가 못해 힘들어서 자살하는 경우는 종종 발생하기도 한다. 그럴 때는 참지 말고 강하게 용기를 갖고 대응하는 자세도 필요하다고 본다. 한편으로는 내가 보는 대한민국의 모든 아버지는 국방의 의무를 다하기 위해 군대를 갔다 오시고, 고된 훈련과 군 생활 속에서의 부조리, 억압, 통제 등을 견디고 버티셨을 것이다. 나의 아버지도 나의 군 생활의 추억처럼 참고 또 참는 참을성을 배웠는지도 모른다.

　가장이 되고 나서도 군 생활에 힘든 과정을 생각하며, 파도가 들이닥쳐도 늘 견디고 참고 버티시는 것 같다. 아버지께서도 자식들을 키우시면서 힘든 나날들이 있었지만, 참고 견디고 가족이라는 단어로 열심히 살아가며 버티신 것 같다. 아버지들이 이렇게 열심히 살아왔기에 현재 우리가 편안하게 살 수 있는 기반이 되지 않았나 생각이 든다. 지금도 아버지는 71세의 나이에 쇠약해진 몸으로도 일을 하고 계신다.

　아버지 주변 지인들은 은퇴하고 취미활동과 운동을 하시면서 시간을 보내신다. 반면에, 은퇴하시더라도 우울해 보이시는 노인분들도 많이 보인다. 현직에 일을 하실 때는 타이틀로 인간관계를 맺고 찾는 이들이 많았지만, 은퇴하고 나면 냉혹한 현실이 찾아온다. 주변 사람들의 연락이 뜸해지고 더 이상 찾질 않는다. 시간적 여유가 생기면서 사회의 일원이 되고 싶은 생각도 들 것 같다. 경제적으로 여유가 있는지와는 별개로 자식들에게 하나라도 더 해주고 싶은 마음에 일을 계속하고 계시는 건 아닐까, 생각이 든다. 그래도 아버지께서는 웃으시면서 나는 나의 장소에서 일을 할 수 있어서 좋다고 하신다.

　시청이나 시니어클럽 노인 일자리를 보면 하루 근무 시간이 4~5시간

정도에 주말은 쉬는 형식이고 무엇보다 어려운 일들이 아니다. 쉽고 단순한 일들뿐이다. 하지만 문제는 급여이다. 늙어서 현직에 있을 때보다 현저히 낮은 급여로 받고 일을 하는 게 성에 안 차고 마음은 청춘인데 몸은 늙어서 마땅히 급여 높은 일자리를 구하기는 하늘의 별 따기이다.

100세 시대가 열리고 있다. 보통 직장에서는 60세에 정년퇴직을 하므로 30~40년 세월을 살려고 하다 보면 경제적인 부분이 걸림돌이 돼선 안 된다. 이런 현실에서도 아버지는 자기 일을 하시면서 사회적 관계를 지속하시고, 일하는 즐거움의 낙으로 사시는 것 같다.

나이가 들다 보면 자신감과 자존감이 하락하실 텐데 아버지는 아직도 할 수 있다는 생각을 가지면서 자신감과 자존감이 높으시다. 지금의 나에게도 네 뜻대로 너 생각대로 세상이 돌아가지 않는다고 해서 기죽지 말고 당당하고 떳떳하게 살아가라고 하신다. 이런 모습을 보며 파란만장하고, 산전수전 겪은 아버지가 존경스럽고 지금도 열심히 사시는 아버지를 보며 숙연해진다. 아버지께 진심으로 감사드리고 앞으로의 나날들도 건강하게 사시기를 간절히 바란다.

해병대 장교후보생 수료식 아버지, 나, 어머니

그대, 아버지라는 이름으로

7

홀로서기를 하라고 했던 당신의 마음

2012년 2월 말 무렵 나는 동기들과 함께 군 전역을 하고, 홍대에서 전역 축하 파티를 하고 집으로 돌아왔다. 일주일 동안 휴식 시간을 가지고 사회에서 어떤 일을 할까, 고민이 많았다.

사장님, 대표가 되겠다는 꿈은 있었는데, 26세 나이에 모아둔 돈은 2천만 원이었다. 2천만 원으로 무언가를 도전하고 시도하기에는 돈이 부족했다고 생각했다. 그래서 남들 다 도전하는 대기업에 입사 지원하여 자본금을 더 모으고 창업하기로 결심했다. 대한민국에 알만한 대기업 5곳을 상반기에 지원했다. 그중 3곳은 자기소개서에서 탈락하고 2곳에서 1차 합격을 했다. 2차 적성검사 또한 합격하여 3차 임원 면접을 앞두고 있었다. 그런데 지방 국립대학교를 함께 다녔던 친한 친구 녀석이 어느 날 UCLA 대학교에 입학하여 다니고 있다고 연락이 왔다. 나는 신선한 충격을 받았다. 분명 저 친구는 나랑 지방 국립대학교에 1학년 때까지만 해도 같이 다니다가 군대에 갔었는데, 어떻게 UCLA 대학교에 입학할 수 있었을까?

나는 시기 질투보다 진심으로 명문대에 입학한 친구를 축하해 주고, 어떤 루트로 입학하게 되었는지 낮은 자세로 상세히 물어봤다. 친구는 영어를 못해서 필리핀 어학연수 6개월 기본을 다지고 다짜고짜 미국으로 가서 미국전문대학교로 입학하고 편입학 시험으로 합격했다고 했다.

하루 평균 수면 4~5시간 자면서 열심히 했다고 했다. 나는 생각이 많아졌다. 꽃다운 청춘에 회사에 취직해서 다니다가 때가 되면 결혼하고, 어느새 은퇴를 앞두는 50~60대 아저씨가 되어 가겠지…. 한번 사는 인생 짜인 각본대로 흘러가는 게 싫었다.

"그래! 대한민국이 아닌 다른 나라에 살아보는 경험도 내 인생에 가치가 있어!"

20대 중반 새로운 도전을 하기로 결심하고, 대기업 최종 임원 면접을 포기하겠다고 부모님께 설득하였다. 부모님께서는 엄격하게 반대하셨다.

"네가 해외 가서 뭘 하겠냐? 정신 좀 차려라! 그냥 회사에 취직해서 다녀라."

하지만 나의 확고한 마음과 의지로 부모님을 설득하고 비행기표를 예약하여 바로 실행했다. 24세 장교 시절부터 나는 부모님의 지원 없이 월급으로 독립했다. 필리핀 바기오라는 교육도시에 세미 스파르타식 어학원이 있어서 그쪽에 다니기 시작했다. 하루 100개씩 영어단어를 나흘 동안 외우고 400개 영어단어 시험을 매주 금요일에 봤다. 합격선 점수가 안 되면 외출 금지 페널티가 부여되고, 합격하면 외출 혜택이 부여됐다. 나는 새벽 1시까지 영어 공부를 하고 6시에 기상하는 루틴을 지키면서 열심히 했다.

"나도 영어 공부를 열심히 해서 미국으로 갈 거야!" 처음에 말도 잘 나오지 않고 한국어랑 영어의 구조가 달라서 머리가 아플 정도로 힘들었다. 하루 종일 영어로 수업하고 영어로 말하고 뇌 구조가 영어로 바뀌기 시작했다. 영어의 5형식을 암기하고 패턴과 단어들을 조합하여 하루에 5개, 10개 패턴 문장을 자연스럽게 말하기를 반복하였다. 3개월이 지나고 어느 정도 들리기 시작하고 간단한 의사소통이 가능할 정도로 성장했다. 하지만 스스로 너무 부족하다고 느껴 5개월 연장을 했다. 5개월을 다른 환경의 어학원을 다녔다. 처음에 다닌 어학원은 한국인이 대다수였는데, 두 번째로 옮긴 어학원은 한국인 60%, 일본인 20%, 대만 10%, 중국인 10% 정도의 비율로 학생들이 형성되어 있었다. 같은 아시아지만, 서로 모국어가 있기에 진짜 영어로만 대화해야 했다.

룸메이트도 일본인 친구여서 한국어를 안 쓰기 시작하니 실력이 엄청나게 늘기 시작했다. 재밌는 나날들로 행복했다. 내가 이제 영어로 다른 나라 친구들과 의사소통이 되고, 표현을 할 수 있다는 게 너무 기뻤다. 기쁨도 잠시, 이제 곧 고향으로 돌아갈 날들이 다가오고 있었다. 어학원 비용, 숙박, 식비, 생활비, 한국으로 돌아가기 전 여행비용으로 군시절에 모아둔 돈을 다 쓰고 고향으로 돌아가게 되었다.

"너 뭐냐? 나가! 여기는 엄마 아빠 집이지 너의 집이 아니다. 얼른 내 집에서 나가라!"

아직도 그날을 잊을 수가 없다. 나는 오랜만에 고향으로 내려와 부모님께서 기뻐하실 줄 알았는데, 아버지께서 엄격하게 선을 그으면서 말씀하셨다. 그렇다. 아버지의 말씀이 틀린 게 하나도 없었다. 이제 홀로서기, 독립해야 하는 나이인데 계속 부모님 집에 얹혀사는 건 안 된다고 하셨다. 잠깐 부모님을 뵈러 온 거라면 머물다 가도 되지만, 계속 부모님 집밥 먹으면서 곁에서 지내지 말라고 하셨다. 내 통장에는 50만 원가량 이었다. 부모님께 월세를 드리기에는 빠듯해서 아버지께 말씀드렸다.

"취업하기 전까지 잠깐 머물겠습니다. 저도 다 큰 성인이라 부모님 댁에 머무는 동안 설거지, 빨래, 청소를 노동의 가치로 계산하여 숙박비용을 대체하면 안 되겠습니까?"

나는 워킹홀리데이로 돈을 모으고 미국으로 가는 꿈을 잠시 접어야겠다고 생각했다. 어학연수 시절에는 꿈같은 삶을 살았지만, 막상 한국에 오자마자 아버지의 따끔하고 냉정한 말씀과 행동에 정신이 번쩍 들었다. 부모에게서 독립하고, 자기 스스로 경제력을 갖기는 쉬워 보이면서도 어렵다. 나는 취업과 동시에 첫 월급을 받고 원룸을 구해서 독립하기 시작했다.

원룸에서 독립하다 보면 월급의 4분의 1 정도를 주거환경과 생활비로 소비하게 되었다. 부모님 집에서 살면 자본금을 더 모을 수 있는데 주거비용으로 소비하다 보면 사회초년생이 돈을 모으기란 쉽지 않다. 그리고 퇴근 후 저녁 준비를 하다 보면 하루가 훌쩍 간다. 어머니의 집밥이 그리워진다. 독립을 해보니 어머니가 일을 마치고 4남매를 키우는 것이 얼마나 힘드셨을지 느껴진다. 부모님과 함께 살면서 내가 얼마나 편하게 그리고 따뜻하게 살았는지 느끼는 하루하루였다.

요즘은 취업난으로 인해 캥거루족이 많이 생겨났다. 나는 20대부터 아버지의 가르침을 통해 홀로서기를 했지만, 요즘은 20대, 30대 심지어 40대 캥거루족이 늘어난다고 한다. 부모가 자식들을 부양할 의무는 있지만, 부모는 이미 자식들을 위해 20년 동안 학교에 다닐 수 있도록 뒷바라지하시면서 희생하셨다. 40대까지 자녀를 부양하다 부모님의 노후 계획에 차질이 생기면 그것 또한 자식이 된 도리를 하지 못한 것이다. 자식들은 부모님의 노후를 위해서라도 하루빨리 독립해야 하는 게 맞지 않을까 생각이 든다.

내가 빨리 독립하지 않았다면 부모님이 자식들을 위해 희생하시는 감사함을 느끼지 못하고 당연한 일로 여겼을지도 모른다. 하지만 나는 홀로서기를 했기 때문에 부모님이 얼마나 우리를 위해 희생하셨는지 뼈저리게 느낄 수 있었다. 아버지께서는 내가 부모님의 존재를 당연하게 생각하지 않고 홀로서기를 통하여 한층 더 성장하길 바라는 마음이 있었던 것이 아니었을까 싶다.

8

아버지, 나, 그리고 나의 아들에게

"나의 아들에게 무슨 말을 전해 줄까?"

넘어져 본 자만이 일어날 수 있다. 경험하지 않으면 알 수 없고, 배울 수가 없다. 현재의 나를 만든 밑거름은 아버지의 간접경험과 조언이다. 아버지에게 배운 경험과 나의 경험을 나의 아들에게 전해 주고 싶다.

어렸을 때부터 아버지는 책을 읽어라, 시험성적은 지금 중요하지 않으니, 책을 읽으라고 강조하셨다. 나는 친구들과 노는 게 좋았다. 책과는 거리가 먼 학생이었다. 사회에 나와 돌이켜보니, 책의 중요성을 알게 되었다. 하지만 막상 책을 읽으려고 하니, 읽을 시간이 부족해진다. 출근해서 업무를 보고 퇴근 후에는 잦은 회식과 회식이 없는 날은 집에 와서 저녁을 먹고 육아한다. 늦은 밤 10시가 되면 피곤해서 아무것도 하고 싶은 생각이 안 든다. 그냥 쉬고 싶다. 아버지의 가르침이 청년이 되어 의미를 알 것 같다. 나와 같은 실수와 후회를 하지 않길 바라는 마음으로 나의 아들에게 전해 주고 싶다.

네 인생에 있어서 면학 시기에는 책을 많이 다독했으면 바란다. 누구에게도 방해받지 않고 지식을 축적할 수 있는 시기이다. 아들아, 너도 책을 읽다 보면 재미도 없고 집중도 안 되는 날이 올 것이다. 면학 시기에 쌓아온 지식이 청년이 됐을 때 큰 도움이 될 것이다. 문제를 직면했을 때 문제 해결 능력과 보고 느끼는 관점이 달라질 것이다.

"운동만이 살길이다."

아버지는 운동을 꾸준히 하라고 하셨다. 체력에 대한 중요성은 드라마 〈미생〉을 통해 더욱 공감했다. 미생에서 장그래의 바둑 스승의 대사가 기억난다. "체력을 길러야 무언가를 할 때 이겨낼 수 있다고 강조한다. 게으름, 나태, 짜증, 우울, 분노 모두 체력이 버티지 못해 정신이 몸의 지배를 받아 나타나는 증상이다. 체력이 약하면 빨리 편안함을 찾게 마련이고, 그러다 보면 인내심이 떨어진다."

그의 말처럼 피로감을 견디지 못하면 공부, 시합, 사업 어떠한 승부 따위 이길 수가 없다. 이기고 싶다면 충분한 고민을 버틸 수 있는 체력을 길러야 한다. 아들아, 이루고 싶은 게 있다면 체력을 길러라.

"사람은 사람을 통해서 성장한다."

아버지는 인간관계를 중요시했다. 사람은 어떤 사람을 만나느냐가 중요하다. 아들아, 친구를 잘 사귀고 다양한 사람과 지혜롭게 인간관계를 맺어라. 친구, 선·후배마다 나와 결이 잘 맞는 사람이 있고, 나와 잘 맞지 않는 사람이 있다. 다양한 성격을 알아가면서 좋은 점은 받아들이고 나쁜 것은 간접경험으로 받아들여 실수를 줄일 수 있다. 사람의 됨됨이와 예의범절은 중요하다. 아무리 빼어난 외모, 타고난 운동신경, 뛰어난 말솜씨가 있다고 한들 인성이 바르지 않으면 아무 소용없다. 그 주변에는 진정한 친구가 없을 것이다.

겉으로 드러나는 상대방의 모습들을 관찰한 후 그것이 진심인지 아닌지 깊이 고찰해야 한다. 말과 행동, 태도, 눈빛 등을 잘 살피고, 거짓인지 진심인지 파악하여 사람을 보는 통찰력을 길러야 한다. 나도 30대 중반까지 살아와 보니 인간관계가 중요하다는 것을 많이 느낀다. 10대에는 주어진 환경에 의해 친구가 형성되고, 20대에는 대학교, 군대, 사회초년생으로서의 많은 사람을 만나며 사람 보는 눈을 기르게 되고, 30대가 되어 보니 나에게 좋은 에너지와 긍정적인 사람들로만 남아 있게 되었다. 나에게 부정적인 영향을 주는 사람은 자연스레 멀어지게 된다. 인간관계가 정리되는 시점이다.

인간관계는 참으로 어려우면서 흥미롭다. 어렸을 때 정말 친하게 지냈던 친구는 학교가 달라지면서 멀어지게 되고, 또한 학교가 달라지더라도 지금껏 연락하며 친하게 지내는 친구도 있다. 어릴 때 멍청하게 보였던 친구는 멋진 전문직 직업을 가지게 되었고, 어릴 때 놀기만 했던 친구가 크고 보니 사업가가 되어 너무 멋있게 보이고, 가족처럼 지냈던 직장 상사가 한순간에 나를 괴롭혀 멀어지게 되었다.

모든 있었던 일들을 전해 줄 수는 없지만, 내가 느끼는 인간관계에 중요한 부분은 다음과 같다. 첫 번째, 인간관계는 신뢰다. 신뢰감을 바탕으로 상대방을 대한다. 한번 잃은 신뢰는 다시 회복하기 쉽지 않다. 두 번째는 자기 자신을 믿어라. 자신에게 결점이 있거나 능력적으로 뒤떨어진 부분이 있다고 해서 자신의 가치가 내려가는 것은 아니다. 오히려 단점을 잘 활용할 줄 알면 신뢰를 얻을 수 있다. 세 번째는 상대방의 말을 경청해라. 상대방에게 호감이 가게 되고 상대방 또한 네 말을 경청하게 된다. 네 번째는 자신과 타인이 다르다는 사실을 인정한다. 살아온 환경, 성격이 다르다. 나의 주장이 맞는다는 생각보다는 서로를 이해하고, 각자의 생각을 인정하는 데에 집중해야 한다. 마지막으로는 일관성 있게 행동하고 겸손해라. 자신이 무언가를 더 가졌거나 삶이 나아지더라도 겸손하고, 본인의 상황이 안 좋아지더라도 주눅 들지 말고 평소와 같게 너의 모습을 일관성 있게 행동해야 한다.

살아보니 겸손하지 못하고 자만하니, 주변에서 시기 질투로 인해 험담

하고, 나에 대해 안 좋은 소식들이 들리기 시작한다. 상황이 안 좋아져 의기소침해 있더니 처음에는 위로와 격려를 해주던 사람들이 안 좋은 기운이 있어 점점 연락이 줄어든다. 나의 아버지가 강조했던 인간관계를 몸소 느끼다 보니 나 또한 아들에게 중요한 메시지로 전해 주고 싶다.

"돈을 중요시해라."

아버지는 어린 시절 너무 가난한 환경에서 살아오셔서 돈을 강조하셨다. 돈을 쫓으라는 말이 아니다. 돈보다 중요한 가치는 많이 있다.

'돈이 많으면 행복한가? 돈이 많으면 불행한가? 돈이 없으면 행복한가? 돈이 없으면 불행한가?' 정답은 없다. 살아가면서 돈은 필요하므로 중요하다. 돈이 없어서 불행하다고 느끼면 돈은 중요하다. 사람마다 기준은 다르겠지만, 일정 소득이 넘어서면 행복도와 소득은 비례하지 않을 것이다. 하지만, 돈으로 시간을 살 수 있고, 가족을 지킬 수 있으며, 삶이 더 윤택해진다. 돈이 있으면 회사에 다니지 않아도 된다. 자신의 노동, 시간의 대가를 돈으로 교환하지 않아도 된다.

나의 시간을 온전히 나에게 쓸 수 있고 가족들에게 쓸 수 있다. 하고 싶은 걸 하면서 사는 것을 우리는 자유라고 부른다. 돈이 없으면 주체적인 삶보다 타인에게 끌려다니는 삶을 살 수도 있다. 단 한 번 사는 인생 회사에 돈을 벌어다 주는 일을 하다 생을 마감할 것인가? 누군가는 돈, 돈, 돈 하는 것이 신물이 날지도 모른다. 나도 어렸을 때는 그렇게 생각했다. 사람보다 중요한 게 돈 같아서 더욱 그랬다. 하지만, 나도 아빠가 되어보니 중요해졌다. 돈이 있어야 우리 가족의 보금자리를 마련하고, 옷 한 벌 사주고, 맨날 똑같은 음식이 아닌 맛있는 음식도 먹는다. 심지어 백문이 불여일견이라고 백 번 듣는 것보다 한 번 보는 것이 낫다. 라는 말처럼 동물원에 가서 직접 자녀에게 동물을 보여주고 많은 체험을 해줄 수 있다. 돈을 벌 줄 알아야 하고, 돈을 유지할 줄 알아야 하고, 돈을 잘 쓸 줄 알아야 하고, 돈을 모을 줄 알아야 한다. 가치의 중요성과 경제 공부를 해야 한다. 아들아, 돈을 모으지 않으면 미래가 없다는 말이 있다. 하루살이 인생, 한달살이 인생이 아닌 당당하고 멋지고 주체적인 삶을 살기 바란다.

이 모든 삶의 지혜와 아버지의 소중한 경험을 자식에게 물려주신 아버지에게 감사함을 드립니다. 존경하고 사랑합니다.

크리스마스 선물을 받은 손주와 아버지

그대, 아버지라는 이름으로

다 섯 번 째
박 병 욱

헌신과 봉사의 신이었던 아버지

1

짧은 시간 아버지와의 만남과 이별

"오늘 어린이날 기념으로 광주 어린이 놀이공원 가고 싶은 어린이는
모두 학교 앞으로 9시까지 오세요. 시간 되시는 부모님도 함께 오세
요."

1986년 5월 5월 8시, 마을 스피커에서 안내 방송이 나왔다. 방송에서
울려 퍼지는 소리를 듣고 잠에서 깨어났다. 눈을 뜨고 정신을 차려 보니
아버지는 집에 있는 마이크를 내려놓고 "아들 놀이공원 가자."라는 말과
함께 방을 나가셨고, 어머니는 "어린이날 아버지께서 준비한 것이 있다."
라고 말씀하셨다. 난 기분이 좋아서 동생들을 깨우고, 들뜬 마음으로 준
비하였다. 동네 아이들이 웅성거리며 학교 앞으로 하나, 둘 모이면서 꽤
많은 아이들이 미리 준비된 버스에 타고 있었다. 정말 꿈만 같았다. 지금
까지 어린이날은 그냥 집에서 보냈는데 오늘 아버지의 행동이 놀랍고,

자랑스럽게 느껴졌다. 마을 아이들은 모두 나를 부러워했다.

아버지가 한 명 한 명 확인 후 여동생 3명, 동네 친구들과 부모님 등 80명이 큰 버스 2대를 탔다. 아버지가 "자, 출발!" 하는 소리에 버스기사님이 목적지인 광주 어린이놀이공원으로 향했다. 아버지와 막냇동생이 함께 자리를 앉았으며, 여동생 둘과 나는 친구들과 버스 제일 뒤쪽에 자리 잡았다. 가는 동안 나는 친구들과 광주 어린이 놀이공원에 언제 도착하는지 궁금하지도 않은 채 수다를 떨었다.

어느덧 놀이공원에 도착하여 아버지께서 부모님과 친구들에게 "안전하게 잘 놀고 5시에 버스가 출발 할 수 있도록 해주세요."라고 말하고 나와 동생들을 데리고 다니면서 놀이기구도 탔다. 아버지의 얼굴에 웃음이 가득한 것을 보았다. 처음인 것 같았다. 아버지와 우리가 함께 웃으면서 재미있게 놀고 있다는 것이 신기할 정도였다. 아버지는 이장으로서 항상 마을에 일이 있으면 가셨고, 친척들께 무슨 일이 생기면 항상 먼저 가셔서 모든 일을 도맡아서 하셨다. 그런 바쁜 아버지가 우리와 함께 있는 것이 꿈만 같았다.

얼마 지나지 않아 점심시간이 되어 아버지께서는 김밥과 음료수를 사오셨다. 놀이공원 한쪽 테이블에서 동생들과 함께 식사했다. 아버지는 환하게 웃으며 "아들 오늘 재미있게 보내고 하고 싶은 것 무엇이든 해라! 오늘은 아빠가 다 해줄 수 있다. 아들 사랑한다."라고 하면서 머리를 쓰다듬었다. 왠지 이상하다는 생각이 들었다. 지금까지 사랑한다는 표현을 안 했던 아버지가 오늘만큼은 다른 사람처럼 느꼈다. 하지만 아버지 웃는 모습이 나를 많이 사랑하고 있다는 것을 느꼈다. 최고의 날이었다.

어느덧 약속했던 시간이 지났다. 버스 출발 전 아버지는 "아들 최고다!"라는 말을 하였다. 아버지는 좋은 일을 하면 나중에 아들에게 큰 도움이 될 거야." 하고 말을 하였다. 평소 무뚝뚝하시고 호랑이처럼 무서운 아버지가 나를 가슴에 안고 좋아하였다. 오늘은 어머니의 마음처럼 대해 주시는 것이 마냥 좋았다. 나에게 1986년 5월 5일 어린이날은 잊을 수 없는 날이었다.

놀이공원에서 돌아온 후 어머니에게 아버지와 놀았던 것을 하나하나 이야기하였다. 처음으로 아버지가 무섭지 않았다고 했다. 어머니께서는 우리 아들 최고의 날이라고 말하면서 마냥 웃으시며 즐거운 표정으로 저녁 준비를 하였다. 식사시간, 아버지는 마을 일로 식사를 하지 못하시고 어머니께 "갔다 오겠소."라고 한마디 하고 집을 나가셨다. 나는 그때 아버지께 오늘 일에 대해 감사하다고 말하지 못한 것이 아직까지 후회가 된다.

얼마 후 5월 8일 어버이날 다가왔다. 이날 아버지에게 나를 태어나게 해주시고, 아버지가 되어주신 것에 꼭 감사의 마음을 전해야겠다고 생각해 일찍 일어나겠다고 다짐했다. 그러고는 어머니께 전날 꼭 깨워 달라고 여러 번 부탁했다.

어버이날은 학교에서 체육대회가 있었다. 그래서인지 잠이 오지 않았다. 체육대회에서 나는 달리기 대표로 출전하게 되어 아버지께 우승하는 모습을 보여주고 싶어 들뜬 상태였다.

집 전화기 벨소리에 나도 모르게 일어났다. 어머니는 전화를 받고 황급히 밖으로 나가셨다. 얼마 뒤 아버지와 함께 들어오셔서 옷을 갈아입고 택시를 부르셨다. 나는 그때 일어나서 아버지께 "오늘 체육대회인데 학교에 꼭 오세요."라고 말했다. 아버지께서는 "그래, 우리 아들. 아버지가 해 뜨면 갈게. 오늘 1등 해라." 하고 집 문을 열고 나가셨다. "큰아버지가 갑자기 위독하여 병원에 갔다 오니 걱정하지 말고. 오늘 체육대회 하면 피곤할 텐데…." 어머니의 말을 듣고 다시 잠에 들었다.

그날은 매우 화창하고 상쾌한 아침이었다. 난 운동복을 입고 등교하였다. 학교는 체육대회 준비로 운동장 전체가 오륜기에, 여기저기 보이는 응원 문구가 있었고, 한쪽은 동네 사람들 잔치에 먹거리 장터도 있었다.

나는 달리기에서 순조롭게 결승에 올랐다. 결승 경기 직전 방송에서 담임선생님이 "박병욱 어디 있니? 박병욱!"이라고 말했다. 나는 그 소리에 출발선에서 방송하는 선생님께 달려갔다. 선생님께서는 "지금 집에 빨리 가봐, 집에 무슨 일 일어난 것 같아."라고 해서 아무런 생각 없이 집에 왔다. 어머니는 말없이 눈물만 흘리고 계셨다. 작은아버지께서 집에 계셨는데 "병욱아 지금 작은아버지랑 함께 갈 때가 있다." 하며 택시를 타고 광주에 갔다. 가면서 아버지께서 교통사고로 크게 다치셨다는 것을 알았다.

정말 믿을 수 없는 일이었다. 작은아버지께 "무슨 말씀을 하는 것입니까?"라고 말을 계속하면서 믿지 않고 병원에 가서 아버지 얼굴 보고 말하겠다고 하였다. 시간이 얼마나 지났을까? 광주 전남대학교 병원에 도착해 영안실로 작은아버지와 함께 들어갔다.

아버지는 높지 않은 침대에 누워계셨다. 나는 "아버지! 왜 여기에 있습니까? 아버지, 아버지!" 하고 외쳤으나, 아버지는 미동도 없었다. 어떻게 해야 할지 알 수 없었다. 작은아버지께 "아버지가 왜 저렇게 있는 것입니까? 왜 움직이지 않는 것입니까?"라고 질문만 계속했다. 작은아버지께서는 아버지가 교통사고로 크게 다쳐 병원에 도착했을 때 이미 심장이 멈춰 있어서 의사도 어떻게 할 수 없었다고 했다. 나는 한참을 아버지 손을 잡고 눈물을 흘리며 "아버지, 죄송합니다. 정말 죄송합니다."를 반복하며 의식을 잃었다.

의식이 돌아왔을 때 나는 병원 침대에 누워 있었다. 작은아버지께서 "병욱아, 집에 가자."라는 말을 듣는 순간 "아버지가 깨어났어요?"라고 소리쳤다. 작은아버지는 아무 말 없이 고개만 좌우로 흔들었다. 그리고 좁은 나무 상자 안에 수의복을 입고 있는 아버지를 보고 상자 뚜껑을 닫았다. 병원 버스 뒤쪽 좁은 곳에 상자를 밀어 넣고 버스에 탑승했다. 얼마 지나지 않아 버스는 집에 도착하였다. 집에는 마을 사람들이 모여서 눈물을 흘리고 있었으며, 어머니는 의식을 잃고 쓰러져서 누워 계셨다.

믿기 힘든 일이 지금 일어나고 있다고 생각했다. 마을 사람들은 왜 아버지가 교통사고를 당했는지, 왜 돌아가셔야 했는지 이해하지 못했다. 나는 3일 전 아버지와 꿈같은 하루를 보내고 지금 이 상황은 현실이 아니라고 생각했다. 아버지께 어린이날 동네 친구들과 함께 보내주신 것에 대해 '아버지 최고, 아버지 정말 감사합니다.'라는 말을 영원히 하지 못하는 것이 너무 가슴이 아팠다.

아버지의 마지막은 여기 저기 동네 사람들의 눈물로 인사를 하며 또 다른 세상으로 영원히 보냈다.

2

가족을 위해 헌신한다는 것

아버지는 1948년 여름날 우렁찬 울음소리와 함께 할아버지 가족의 세 번째 아들로 태어났다. 어릴 적 아버지는 꿈이 매우 큰 아이였다. 7남 1녀의 형제 중 매우 건강하고 똑똑하여 부모님과 동네 어르신에게 칭찬을 받으면서 학창시절을 보냈다.

하지만 그 당시 아버지의 집은 경제적으로 매우 가난했다. 할아버지는 큰아들만 중학교에 보내면 됐지 생각하고 나머지는 농사를 하면서 지내도록 훈육하였다. 형제들 모두 인정을 하였으나, 아버지는 이해가 되지 않아 할아버지께 "저도 공부를 하고 싶어요. 큰형, 작은형, 저까지 중학교에 갈 수 있도록 해주세요."라고 아버지는 말을 했다. 할아버지는 아버지를 말을 듣고 화가 나서 몽둥이로 온몸이 멍이 들 정도로 때렸다. 늘 할머니는 아버지에 대한 미안함 때문에 항상 마음이 아팠다고 하였다. 할머니는 "모두 가르치고 싶은데 돈이 없다. 셋째야! 어떻게 하면 되겠냐, 너희 모두 학교에 보내고 싶다."라고 말하셨다. 아버지는 가난 때문에 할머니가 힘들어하셨던 것을 처음 알게 되었다.

할머니의 가슴 아픈 말을 듣고 "내가 꿈꾸고 있는 것을 여기서는 펼칠수가 없다. 꿈꾸는 세상을 만들기 위해 돈을 많이 벌어서 동생들을 대학교까지 보내줄게."라고 아버지는 여동생에게 말을 하였다.

그리고 어느 날 간단한 짐을 챙겨서 바다가 가까운 목포로 가는 버스를 탔다. 목포에서 '무엇을 해야 되나?' 막막하게 바다를 보고 있는데 배 한 척이 들어왔다. 제주항이란 글씨가 적혀 있는 배였다. 아버지는 배를 본 순간 '그래 아무도 찾아올 수 없는 곳인 제주도로 가서 무엇이든 하자.'라고 제주도를 향하는 배를 탔다. 아버지는 배에서 만난 사람들에게 무슨 일이든 시켜만 주시면 할 수 있다고 말했다. 아버지의 자신감에 어르신들이 함께 고깃배를 타자고 제안했다. 아버지는 새벽부터 고깃배에 몸을 싣고 다음날까지 그물을 내리고 올리는 것을 반복하면서 견딜 수 없는 노동의 시간을 보냈다.

아버지는 2년 정도 고깃배를 타고 하루 종일 일을 하고 밤에는 공부를 하고 싶었지만 현 상황에 매우 힘들었다. 고기잡이 배를 타면서 공부는 할 수 없다고 생각하고 2년 뒤 주변 어르신의 도움으로 과수원에서 일을 하게 되었다. 감귤 과수원과 동시에 얼룩말 농장에서 일하며 밤에는 아버지만의 시간을 가질 수 있었다.

아버지는 과수원 주인에게 감사한 마음으로 자신의 능력을 보여주었다. 과수원 과목 정리하기, 잡풀 제거, 과수 품목별 분리하여 상자에 담아서 분류시키기, 말똥을 정리하여 한쪽에 모아서 거름으로 만들어 과수원에 붓는 일 등을 잘 해내며 과수원 주인은 아버지가 너무 마음에 들었다고 했다. 또한 저녁에는 과수원 주인 아들에게 공부를 배워 학업에도 관심을 가져 책을 읽으면서 하루하루 지냈다. 제주도 생활이 안정된 지 1년이 지나서야 집에 돈을 보내줄 수 있었다.

집에 안부 편지와 함께 모은 돈을 보내서 동생들이 학교에 다닐 수 있도록 하였다. 아버지는 제주도 타지 생활을 6년 동안 한 후, 추운 겨울에 고향으로 돌아왔다. 고향으로 돌아온 이유는 21세에 군입대를 위해서였다. 제주도 생활을 하면서 벌어온 돈으로 마을에 있는 논과 밭을 샀다. 처음에는 얼마 되지 않는 작은 땅에서 가족들이 모두 농사일을 하였다. 할머니와 아버지는 작은 밭에 고추, 고구마 등 채소 모종을 심었다. 그리고 매일 잡초를 뽑고, 물고랑 내고를 하며 농작물에 정성스럽게 관리하였다.

그리고 아버지는 농사를 도와주면서 마을 일에 관심을 보였다. 그 당시 마을에는 전기가 들어오지 않아 어둠이 깊은 밤을 사람들은 매우 두려워했다. 아버지는 마을 회관에서 여러 번 어르신들에게 전기를 설치해야 되지 않냐고 건의를 하였으나, 군청에서 도움을 주지 않는다고 했다.

아버지는 마을 청년회장 및 형님들에게 마을에 전기 없는 것이 매우 불편함을 알리고 관공서에 방문하여 건의를 해야 되는 것 아니냐고 물어봤으나, 청년회장은 "그건 안 돼. 여러 번 면사무소 담당자에게 얘기를 했다."고 했다. 아버지는 자신을 청년 회장으로 맡겨주시면 우리 마을에 전기를 가장 먼저 들어오도록 하겠다고 했다.

아버지는 68년도 청년회 회장을 맡고 매일 면사무소, 군청, 도청에 방문하여 전기 설치 요구를 했다. 마을 사람들이 두려워하고, 생활하는 데 매우 불편하다는 것을 지속적으로 건의하여 마침내 69년도에 군청에서 전기공사를 했다. 매일 방문 건의를 한 덕에 다른 마을보다 빠르게 전기 시설이 설치되어 밤에도 밝은 마을이 되었다. 마을에서는 아버지를 똑똑하고 일 잘하는 청년으로 칭찬을 하는데 할아버지는 아버지에게 "그래 잘 하고 있다."라는 말 이외는 없으셨다.

아버지는 계속해서 마을 일에 더욱 관심을 가졌다. 또 할머니와 함께 밭일을 하면서 제주도 생활에 대해 조금씩 할머니에게 얘기해주었다. 할머니는 항상 아버지에게 계속 미안하다는 말을 하셨다. 그때마다 아버지는 "지금 상황에 만족하고 앞으로 더욱 건강하게 사세요. 어머니 감사합니다."라고 말했다. 아버지는 제주도 생활 이후 할아버지 집에서 살면서 도움을 주고 자신을 인정하는 사람들에게 더욱 좋은 모습을 보이려고 노력하였다.

그리고 그해 4월, 군 입대를 하였다. 20세에 군 복무를 빨리 시작을 하고 싶었다. 군 복무 3년이 아버지에겐 너무 가혹한 현실이었다. 경제적으로 힘든 시기를 빨리 회복하기 위해서 군 입대를 결정하게 되었다. 아버지는 전역 이후 많은 농사 일을 하면서 집의 경제력을 크게 성장하려는 꿈이 있었다. 그래서인지 내가 어렸을 때 우리 집에는 땅이 너무 많았다. 마을의 절반이나 되는 땅에서 아버지는 농사를 하고 있었다.

3

아버지의 파란만장한 군 생활

아버지는 1969년 4월 21일 보병 논산훈련소 입대 후 기본군사교육을 받고 제2보병사단 31연대 수색대에 전입하여 수색원으로 군 복무를 하였다. 그해 5월 아버지는 월남전 파병 관련 지원병을 선발한다고 알게 되었다. 월남 파병을 가면 많은 돈을 모을 수 있다고 간부들에게 들어 바로 지원을 하였다.

〈다음 내용은 아버지가 월남 파병에서 있었던 전투상황이다.〉
1970년 1월 8일, 우리 분대는 중대장님과 소대장님에게 매복 투입 전 군장 검사를 받았다. 그날은 어떤 일인지 중대장님 훈시에 매복 투입 중 조명 지뢰 한 발만 터져도 전원 영창이라는 훈시를 하였다. 그러나 인자하신 소대장님은 잘하다가도 실수하는 것이 사람이라고 말씀하시며 부대원들의 사기가 저하되지 않도록 하였다.

사기가 충전된 우리는 소대장님께 일제히 거수 경례를 하고 분대장이 첨병 앞으로 명령을 받고 침입하기 시작하였다. 이동하다 보니 나도 모르는 순간 작전 지점에 도착했다. 그때 나는 부분대장에게 지역설명을 하였다. "이곳과 저곳은 제가 어제 조명 지뢰을 매설한 곳입니다. 조심하십시오." 하고 말하는 순간 '착' 하는 소리가 들렸다. 그때 우리 지점은 한낮에 해가 뜨는 듯했다. 그때 어디선가 총소리가 빗발쳤다.

"모두 엎드려 절대 움직이지 마." 소대장이 소리를 쳤다.

총알이 머리 위로 쉴 새 없이 지나친다. 얼마나 시간이 흘렀을까, 총소리가 멈추고 나뭇가지 부러지는 소리와 함께 낙엽이 부스러지는 소리가 들렸다.

모두 조용했다. 갑자기 내 앞에서 총구를 겨누는 적이 나타나 나는 흠칫했지만 대검으로 목을 감싸고 제압을 했다. 여기저기서 '윽, 윽' 하는 소리가 났다. 적과 혼선된 지역에서 사격을 할 수 없는 상황에 모두 대검을 들고 적을 제압한 것이다. 그 당시 나는 왼쪽 허벅지에 총탄이 관통하였다. 의무병의 응급조치로 상처는 다행히 아물었다. 동이 트는 새벽에 우리는 위험 지역을 벗어나서 부대로 복귀하였다.

매복 투입 후 부대 복귀 중

1970년 3월 30일, 우리 중대는 어느 마을을 발견하였는데 인원을 알수 없는 적들을 발견하였다. 소대장과 분대원들은 약진 앞으로 하면서 적에게 접근하였다. 긴장 속에서 적탄이 날아드는 소리가 귓구멍에 박혔다. 매우 두려웠지만 계속 이동을 하였다. 몸을 땅에 밀착해 이동하면서 적을 선별하여 사격을 하였으나, 여인과 어린아이들까지 모두 총을 휴대하고 있었다. 당황했지만 쓰러진 전우들을 본 나는 적에게 총구를 겨누었다. 그날은 정말 악몽 같은 날이었다. 그렇게 1년 6개월 파병 활동을 하고 1971년 1월 21일 김포공항으로 귀국을 하였다.(아버지는 파병에서 받은 돈을 할아버지께 주면서 마을에 있는 땅을 사시라고 했다. 휴가 기간 아버지는 공부를 잘할 수 있도록 동생들에게 칭찬했다. 아버지는 얼마 지나지 않아 2차 월남전 파병을 신청하였고 1971년 8월 30일, 다시 파병을 가셨다. 2차 파병은 병장이란 계급으로 임무를 수행하였다.)

때는 1972년 1월 12일, 어느 작전 지점에 도착하여 나는 중대에 도착 완료를 보고한 후 휴식을 취하고 있었다. 전방 40m 지점에서 탕하는 소리와 동시에 총알이 비 오듯 우리의 머리 위로 날아오고 있었다. 그 지역을 벗어나기 위해 10m 절벽 지점에서 분대원 전원 낙하하였다. 낙하지점 확인 후 이동하는 순간 적군 2명이 우리를 향해 달려오고 있었다. 우리는 일제히 사격하였다.

적을 사살하고 첨병에 의해 이동을 확보하고 통신병과 함께 이동하는 과정에 통신병이 적이 매설한 지뢰를 밟았다. 나는 통신병을 안심시켰고 대검을 이용하여 지뢰의 뇌관 부위를 확인하였다. 통신병이 밟고 있는 지뢰 뇌관을 확인할 수 있어서 다행이었다. 대검 끝으로 뇌관을 잡고 통신병의 발을 조심히 옮겼다. 통신병은 조금씩 조금씩 움직였다.

그때였다. 어디선가 총소리가 들리자 통신병이 자신도 모르게 빠르게 움직였다. 그때 "펑!" 하고 지뢰가 폭발하였다. 난 거기서 죽은 줄 알았다. 잠시 정신을 잃고 있었다. 깨어나 보니 엄청난 통증이 등에서 느껴졌다. 분대원들이 내 주변에서 경계하면서 의무병이 등 부위 출혈을 지혈하고 있었다. 난 통신병의 상태를 궁금했다. "상철이, 상철이는 괜찮아? 빨리 확인해봐." 하고 분대원들에게 명령하였다. 부분대장이 나에게 "상철이는 괜찮아요. 지금 분대장 등이 너무 심각합니다."라고 말을 했다.

그때 나는 그 말에 감사하다고 했다. 정말 다행이라고. 중대장에게 "분대원 전원 이상 무!"라고 무전 보고를 하고 부대에 복귀하였다. 그 후 난의무대에서 치료를 받았다. 얼마 지나지 않아 난 기나긴 파병 생활을 마치고 1972년 3월 29일 한국에 건강한 몸으로 귀국하였다.

〈아래 내용은 아버지의 추억록의 한 편지 내용이다.〉
박승남 병장의 영원한 동생 임재익 병장이 우측 어깨 더블 백을 매고 월남에 온지도 벌써 1년이란 세월이 흘렀고 귀국 특병 받고 보니 기분이 어때요. 꺽다리 박병장님, 상황 당번 관망대 근무에 수고가 꽤 많으셨군요. 박병장님 귀국하시게 되면 정말 좋겠습니다.
한국에서 몰랐던 사람을 여기 와서 알게 된 이상 헤어진다는 것이 정말 섭섭하구만요. 그렇지만 말릴 수 없는 환경에 놓여 있으니 할 수 없습니다. 진정 귀국을 축하합니다.
한국 가시더래도 옛날 월남의 시절을 잊지 마시고 어려웠던 일, 고생이 많이 했던 일을 회상하시고 장래의 생활에 기본 밑전 되시길 후배가

진정으로 빕니다.

앞으로도 박병장님의 너그러운 마음과 순진한 양심으로 남을 대하고 월남에서 있었던 좋은 성품과 타인을 위해 자신을 아끼지 않은 마음을 버리시지 말아 주소서. 꺽다리 박병장님 별명 하나 좋아요.

호남아 박병장님, 진정 수고 많이 하시고 떠나갑니다. 꺽다리 박병장님 꼭 이별을 해야만 합니까? 이별이란 두 글자를 어느 누군가 만들어 놓았는지, 이별이 없었다면 서럽지나 않았을 걸 꺽다리 박병장님 진정 눈물이 납니다.

박병장님 울면 박병장님 눈에 피눈물이 나지만 내가 울면 내 눈에선 20년 묵은 눈꼽이 떨어집니다. 진정이요. 이별이 무어라고 물으신다면 눈물의 씨앗이라고 말하겠습니다. 눈물의 씨앗이고, 사랑에 씨앗이고, 이별이 소리를 내지를 말라 서럽습니다

…

꺽다리 박병장님 귀국하시게 되더라도 월남에 맺어진 인연 잊지 말아 주십시오. 건강하시길 기원하겠습니다.

아버지는 군 복무 36개월 중 23개월을 파병 생활을 하였다. 파병 생활을 하면서 자신의 목숨을 수십 번 잃을 수 있었으나, 두 번에 총상과 지뢰 폭발로 인한 등 부위의 파편으로 힘들었지만 버티고 이겨내 건강한 모습으로 1972년 4월 29일 기나긴 군 복무를 마쳤다.

파병 복귀 후 전역 날 부대에서

그대, 아버지라는 이름으로

4

도와주는 마음, 베푸는 정성

아버지는 1972년 전역 이후 마을에서 청년 회장 임무를 수행하였다. 군 생활을 하면서 벌어온 돈으로 마을 여기 저기 땅을 사면서 마을에 는 땅 부자라고 어르신들이 말씀하였다.

1974년도 마을에 작은 저수지 하나가 있는데 가뭄이 있는 해는 농사하 는데 많은 어려움이 있었다. 아버지는 작은 저수지를 여기저기 분석하여 저수지에 들어오는 물길은 한 곳인데 나가는 물길은 여러 곳으로 뻗어 있어 저수지에 물이 고이지 않고 그대로 흘러 수위가 매우 낮다는 판단 을 했다.

아버지는 저수지에서 나가는 물길을 막고 수로를 한 개 설치하여 물을 조절해야 한다고 했다. 그러나 아버지 의견을 존중해 주는 마을 사람은 없었다. 하지만 아버지는 포기하지 않고 마을 청년들을 설득하여 농기계 를 동원하였다. 저수지 바닥의 흙을 펴서 둑을 높이고, 나가는 물길을 막고, 수로를 설치할 수 있는 공사를 시작하였다.

시간이 흘러 비가 오고 난 뒤 저수지 수위는 과거에 비해 많은 양의 물을 보관하고 있었다. 이것을 확인한 마을 주민들은 저수지에 문제점을 알고 해결하는 아버지의 결단에 박수를 보냈다. 이후 마을 주민들이 수로 공사 설치를 도와주어 완벽한 저수지 관리를 하게 되었다.

아버지는 74년도 26세에 결혼을 하였다. 결혼하면서 아버지는 자신의 집을 준비를 하였다. 그 집은 정말 좋은 곳이다. 바로 국민 학교 앞(정문 10m 앞)에 있는 아주 큰 집이다. 그 집은 방 4개, 문구점, 식당, 창고, 외양간 등 모든 것을 할 수 있는 곳이었다. 아버지는 어머니와 결혼 이후 농사일뿐만 아니라 마을 일에 더욱 관심을 가졌다. 어머니 또한 아버지 일에 적극적으로 응원을 하셨다.

77년도 아버지는 마을 이장에 선출되어 이장으로서 임무를 수행하였다. 마을 이장의 첫 임무는 바로 논경지 사업을 추진하는 것이다. 그 당시 논은 꼬불꼬불한 길로 논 내부 면적을 정확하게 확인을 할 수 없었다. 그래서 정확한 토지 대장을 만들 수 없었다고 했다.

아버지는 우리 마을이 먼저 시범을 보여야 한다고 생각해 청년들과 함께 어르신들을 설득하기로 했다. 1년 동안 마을 주민들을 설득해 끝내 모두가 찬성하였다.

79년도 군청, 면사무소 관계자 협조하에 장비를 동원하여 논경지 사업을 시작했다. 논경지 사업은 시작 이후 2년이 지나서야 마무리가 되었다. 개인 소유의 토지가 가로, 세로 정자로 정리가 되면서 토지 대장을 제작하여 발급할 수 있었다. 이는 그동안 개인 토지 크기를 알 수 없었던 불편함과 토지 거래 시 명확한 근거 없이 개인적인 판단으로 거래를 했던 과거와 달리 정확한 계산을 통해 토지 거래가 시작되게 만들었다. 농촌 토지 개선으로 아버지는 도청에서 표창장을 받았다.

우리 마을은 옛 마한 시대 부족국 지역이었다. 어릴 적 작은 산으로 알고 친구들과 전쟁놀이를 많이 한 곳이 있었다. 내가 전쟁놀이 했던 곳은 역사적 유물인 고분군이었다. 고분군은 우리 마을에 15개 정도 있었으며, 지역에 30개 이상 큰 고분군이 있었다.

아버지는 이곳에 있는 고분군을 역사적 가치가 있다고 판단하여 도청, 군청, 면사무소를 다니면서 개발이 필요하다는 의견을 제출하였다. 마을 사람들은 무모한 일이라며 모두가 반대했었다. 하지만 아버지는 마을에 과거 시대 역사적 가치가 있는 유물들이 있는데 그것을 그냥 작은 산이라고 생각하고 아무도 관심을 갖지 않으면 후대에 자녀들이 우리를 어떻게 생각하겠느냐 하며 고분군 개발 사업이란 명목을 만들어 지속적으로 관공서에 개발 요구서를 만들어서 건의하였다.

아버지는 3년이라는 긴 시간 동안 포기하지 않고 역사적 근거를 찾아서 건의하였다. 아버지의 노력이 하늘도 감동하였는지 관공서에서 역사적 가치를 확인하겠다고 하였다. 그리고 고분군에서 출토된 유물들에는 금동관, 철손칼, 절검, 청동제반지, 유리옥, 철살촉 등 많은 것들이 있었다. 아버지는 우리 마을에 역사적 가치가 있는 유물이 있는데 그것을 모른 채 그냥 지내는 것은 매우 부끄러운 행동이라고 사람들에게 말을 하였다고, 이 사업은 아버지가 돌아가신 후 종료되었다.

나는 놀랐다. 마을에 작은 산이라고 생각한 것들이 한 사람의 노력으로 역사적 가치를 지닌 유물이고, 개발 전까지는 관심 없던 사람들이 보물 지정이 되면서 역사적 가치를 인정받게 되어 마을에 경사가 났다고 말하면서 아버지 노력에 찬사를 보냈을 때.

현재 마을에는 국립박물관이 건립되어 있으며, 고분군은 역사적 유물로 지정되었다. 아버지는 누구를 위해 홀로 고군분투하는 삶을 살았을까? 마을 사람들의 행복과 편안한 삶을 위해 노력하시는 아버지는 평생 주변인에게 도움을 주면서 스스로 만족한 인생을 살아가고 있었던 것인가? 주변 사람들이 항상 아버지를 존경한다고 나에게 말을 하는 모습들이 지금도 생생하다.

5

죽는 날까지 봉사를 하셔야 했던 당신

아버지는 26세 결혼 이후 아내와 네 자녀의 가장으로서 행복이 가득한 삶을 살아가고 있었다. 아버지는 어머니에 대한 사랑이 매우 크셨다. 매일 어머니에게 '사랑'이란 표현을 자주 하였다.

결혼 후 마을 사람들은 아버지의 가족사랑에 대해 정말 대단하다고 했다. 농사일, 가게준비, 집안일, 마을 이장 임무까지 매일 모든 것에 정성스러운 마음으로 실천한다고 표현을 하였다. 아버지는 다른 지역으로 이사한 형님들 대신 부모님 근처에서 터를 잡고 할아버지, 할머니를 보살피고, 동생들의 학교생활을 확인하였다.

아버지는 자신을 힘들게 한 할아버지에 대한 원망도 없이 평생토록 부모님에게 감사한 마음을 갖고 생활했다. 그래서인지 동생들에 대한 사랑도 매우 컸다. 아버지의 동생들은 모두 중학교를 마치고 할아버지와 함께 농사일을 하였다. 하지만 막냇동생(남동생, 여동생)들에게는 공부를 할 수 있도록 경제적으로 지원해주며 대학까지 갈 수 있도록 믿음을 주었다. 금전적 문제는 생각하지 말고 공부만 열심히 하도록 격려하였다. 막내 남동생은 아버지의 노력에 고마움을 느끼고 열심히 공부하여 명문대학 교에 합격하였다. 막내 남동생은 대학교 합격 이후 아버지와 어머니에게 적극적인 지원에 고맙다고 표현하였다. 그런 동생의 모습에 아버지는 감동의 눈물을 흘리면서 "우리 막내가 우리 집에서 가장 자랑스러운 사람이다."라고 칭찬하였다.

아버지는 형제들뿐만 아니라 아내에게도 사랑 넘치는 남자였다. 젊은 나이에 아버지와 결혼한 어머니는 아버지에 대한 신뢰가 깊고, 무한 긍정의 생각을 갖고 있는 성격이었다. 아버지와 생활하면서 단 한 번도 불평불만의 표현을 한 적이 없다고 한다.

어느 날 아버지는 저녁식사 이후, 어머니가 추운 날씨에 밖에 있는 수돗가에서 그릇을 씻는 것을 보고 미안한 마음이 들었다고 했다. 그 후 아버지는 집안 구조를 변경하여 집 안에서 따뜻한 물로 그릇을 씻을 수 있도록 최신식 싱크대를 설치해 주었다. 싱크대 설치는 우리 마을에서 처음 있는 일이었다.

도시 아파트 구조에 있는 싱크대 세척대가 우리 집에 설치된 것은 주방시설의 혁신이었다. 어머니는 싱크대 설치 후 매일 눈물을 흘리면서 그릇을 세척했다. 왜 눈물이 흘렀냐고 질문을 했을 때 "아버지가 무뚝뚝하고 감정 표현이 없는데 엄마 손을 보시더니 생각지도 않은 너무 큰 선물을 받아서…."라고 대답하셨다. 그래서 싱크대 앞에 있으면 그냥 눈물이 흘린다고 했다.

그 후 우리 집은 동네 사람들의 구경집이 되었다. 동네 아주머니들이 싱크대 설치된 주방을 보시면서 "어머, 어머. 이렇게 식기를 세척하네." 하는 소리를 어머니 앞에서 말씀하셨다. 어머니는 매일 웃음기 있는 얼굴로 동네 아주머니와 대화를 나누시며 시간을 보냈다. 아버지의 무한 사랑으로 우리 가정은 평화로운 시간을 보냈다. 시간이 지난 후 4형제가 된 우리 가족은 아버지의 경제력 때문에 부족함이 없이 학창시절을 보냈다. 하지만 막내가 갑작스럽게 백혈병 진단을 받으면서 아버지는 매우 힘들어 하셨다. 마치 자신이 아픈 것처럼 막내에 대한 지극한 사랑을 보여주었다. 그 당시 막내는 다섯 살 정도 된 여자아이였다. 항상 웃음이 가득하고 아버지를 매우 잘 따르는 아이였다. 하지만 언제부터인지 얼굴색이 노랗게 변했고, 나에게는 아프다고 말하는 횟수가 늘어났다.

몇 해 전 동네 친구가 백혈병으로 세상을 떠난 일이 있었던 기억이 떠올랐던 나는 우리 동생 얼굴 모습이 친구의 모습과 흡사하여 아버지에게 동생이 매우 아픈 것 같다고, 백혈병으로 죽은 친구의 모습과 동생 얼굴이 매우 흡사하다고 말하였다. 아버지는 나의 말을 듣고 동생을 살펴보고 대도시의 큰 병원에 진료를 받고 혈액검사를 하였다. 검사 결과 백혈병으로 판정받고 병원에 입원하여 지속적인 항암치료를 받았다.

정말 1년이란 시간이 우리 가족에게는 매우 힘든 시기였다. 그 당시 아버지는 혹시 막내가 잘못될까 매일 노심초사하였지만, 겉으로는 표현하지 않았다. 동생은 6개월 항암치료 이후 건강이 회복되어 퇴원 후 집에서 생활하였다. 강한 항암치료를 받은 동생은 머리카락 없는 상태였다. 아버지는 그런 동생에게 웃음을 지으면서 "우리 막내 두상이 정말 이쁘네." 라고 말하며 동생을 안아주었다. 사랑한다는 말도 자주 하였다.

아버지의 헌신과 사랑 덕분에 백혈병으로 힘든 시기를 보낸 막냇동생은 기적적으로 완쾌되어 퇴원하고 집으로 돌아왔다. 마을 사람들은 아버지의 특별한 사랑 때문에 동생이 힘든 병마를 이겼다고 칭찬을 많이 하였다.

동생이 완쾌되고 얼마 지나지 않아 아버지는 또 충격적인 일을 겪게되었다. 그것은 할머니의 사고였다. 어느 겨울날 할머니는 장터에서 물건을 구매하려고 가시는 길에 빙판길에 넘어지면서 머리를 크게 다치셨다. 병원으로 이송되었지만 결국 숨을 거뒀다. 갑작스러운 할머니의 죽음으로 아버지는 매일 괴로워했다.

아버지는 할아버지, 할머니를 함께 모시면서 여행도 다니며 여생을 행복하게 해주겠다고 약속하였는데 지키지 못한 것에 대해 너무 후회스럽다고 했다. 할아버지는 할머니가 돌아가시고 한 달 뒤 집에서 주무시다가 깨어나지 못하고 돌아가셨다. 할머니의 빈자리 때문에 할아버지는 매우 힘든 시간을 보냈다고 아버지가 말한 것이 어렴풋이 생각이 난다. 아버지는 짧은 시간에 부모님을 모두 하늘나라에 보낸 것에 힘들어하셨지만, 금방 잊어버리고 살아 있는 형제들과 가족에게 강한 모습을 보이려고 노력하였다.

할아버지가 돌아가신 후 아버지는 마을 주변에 있는 친척 어르신들의 건강 상태를 확인하고 도움을 주었다. 마을 어르신들도 시간 있을 때마다 방문하여 어려운 일을 해결해 주었다.

어느 날 마을에 황소 한 마리가 외양간을 탈출하여 마을 골목길을 돌아다니면서 사람들을 위협하는 일이 있었다. 마을 어르신들이 퇴로를 차단하여 황소를 잡으려고 했으나, 실패하였고 다친 사람들도 꽤 있었다. 아버지는 군청에서 업무를 하다가 마을에 도착하여 침착하게 움직이며 황소 머리의 뿌리를 가감하게 잡고 땅으로 내리눌렀다. 아버지와 황소의 서로 힘을 겨루는 모습이 마치 씨름을 하는 것 같았다. 어느 정도 시간이 지나서 흥분한 황소 머리가 조금씩 땅으로 내려갔다. 아버지가 황소와의 씨름에서 이겼다. 마을 사람들은 하나같이 "역시 이장 힘이 최고여."라고 한마디씩 하였다.

아버지의 노력으로 황소는 자신이 있던 외양간으로 들어갔다. 그리고 마을은 한바탕 소란으로 시끄러웠지만 평온함을 되찾았다. 아버지의 자신감 있는 행동과 희생하는 마음을 마을 사람들은 항상 고마워했다.

6

다른 세상에서 아버지를 말하는 사람들

아버지가 다른 세상에서 계신 세월이 37년을 넘기고 있다. 37년 지난 지금 그 마을 사람들은 아직 아버지에 대한 기억이 생생하다고 한다. 이 장님께서는 아버지의 추진력을 매우 좋아했다고 말하였다. 코로나19로 축제가 없는 힘든 시기를 보내고 있을 때, 한 어르신이 "마을이 활기가 없다, 아버지가 있었으면 좋았을텐데…." 하시며 지금도 아버지를 그리워하였다.

우리 가족은 아버지가 돌아가신 후 5년 뒤 도시 지역으로 모두 이사를 했다. 어머니는 혼자 농사일을 하면서 생활하는 고된 삶이 너무 힘들다고 나에게 말하였다. 어느 날부터 어머니의 건강이 날이 갈수록 나빠지는 것 같아 우리 가족 모두 도시로 이사를 결정하였다. 어머니 혼자 4남매를 키우는 것이 지금 생각해보면 어머니도 대단한 것 같다.

시골은 1년에 2번 정도 방문하는데 아버지, 할아버지, 할머니, 넷째 작은아버지, 다섯째 작은아버지 함께 계시는 산소에 인사를 하러 간다. 방문할 때에는 항상 어머니, 아내와 아이들과 함께 어릴 적 추억을 떠올리며 아이들과 이야기하면서 여행하는 기분으로 방문한다. 산소에 인사 후 마을 어르신께 건강하시라고 안부 인사를 나누면서 간단한 대화로 마무리한다. 그때마다 마을 어르신은 아버지 생전 모습을 그리워하며 "아버지처럼 든든하네." 나에게 이런 말씀을 하셨다. 처음에는 어색하고 부담스러웠다. 어르신들 뵐 때마다 "아버지처럼 훌륭하게 자랐네."라는 말을 들으면 나 자신도 모르게 '아버지처럼 살아야 되겠다.'라는 생각이 든다.

아버지가 마을 이장을 하면서 추진했던 마을 사업들이 하나 둘 성공하면서 한적한 시골에 국립박물관이 설립되고, 역사 관광지역으로 변화하며 조용했던 마을에 활기가 찼다. 가족들과 아버지 산소에 인사하고 마을에 있는 국립박물관에 방문하여 역사 공부와 현장 학습 체험을 시켜주면 아이들이 무척 좋아했다. 박물관 소장님과 대화를 나누면서 아버지 성함을 말씀하니, 너무 잘 알고 훌륭하신 분이라고 너무 일찍 세상을 떠났다고 하면서 아쉬움을 표현하셨다. 나 또한 뭉클해졌다. 소장님은 아버지 초등학교 후배이며 아버지와 추억이 죽을 때까지 잊을 수 없다고 하였다. 어릴 적 아버지의 말과 행동이 자신에게는 너무 큰 형처럼 보였다고 말을 하면서 과거를 회상했다.

국민학교 시절 아버지와 함께 마을에 있는 산에 올라가면서 자신이 발목을 접질려 걸을 수 없을 때 아버지가 다가와 "내가 업어줄게. 함께 정상에 갔다 내려오자."라 말하고 자신을 업고 정상까지 올라갔다 내려오는 일이 있었다고 했다. 아버지는 약속을 하면 꼭 지키는 사람이었다. 또한 주변 사람에게 힘든 일이 있으면 자신의 일처럼 적극적으로 도와주셨다고도 하셨다. 학교에서는 학급 반장으로 생활하면서 아버지는 항상 무슨 일이든 앞장을 서서 학우들에게 적극적인 행동을 보여 학우들이 항상 대장이라고 하면서 뒤를 따른 적이 많았다고 한다. 소장님과 대화를 나누면서 아버지가 위대한 사람으로 평가받고 있다고 느껴졌다.

아버지는 자신이 태어난 마을에서 사람들에게 좋은 모습을 보여주는 것이 어쩌면 자녀들을 위한 일이라고 하였다. 마을 이장을 하면서 나에게 "항상 주변 사람들에게 피해가 되는 행동을 절대 해서는 안 된다. 하늘에서 천벌을 내릴 것이다."라고 자주 말씀하셨다. 지금 생각해보면 아버지는 자신의 행동이 자녀들에게 좋은 영향을 주려고 노력하는 것이었다.

마을 이장 임무를 수행하면서 힘든 일이 있었지만 단 한 번도 힘들다고 표현을 한 적이 없다고 하였다. 사람이 일하면서 가끔 '힘들다.'라는 표현을 하는 것이 틀린 것이 아닌데, 아버지는 살아오시면서 누구에게 힘들다고 표현하기보다 주변 사람들에게 희망을 주었다. 아버지가 마을 청년들에게 항상 하는 말이 있다.

"지금 힘들고 어려운 일을 극복하면 나중에 더 큰 행복과 사랑의 결실이 나에게 올 것이다."

동네 청년들은 아버지의 이런 말을 이해하지 못했다. 세월이 흘러 동네 청년들은 어른이 되면서 아버지에 대한 기억이 정말 좋았다고 하였다. (세월이 흘렀지만 청년들 중 일부는 마을에서 생활을 하고 있다.)

청년들은 변화된 마을에 살면서 아버지의 말을 가끔 떠올리면 "고맙습니다."라고 인사했다. 아버지는 마을의 한 사람으로서 살아오면서 보석 같은 존재가 되었다. 마을 사람들에게 보석 같은 존재가 될 수 있었던 이유가 무엇일까? 정말 궁금하다.

7

당신을 통해 내가 봤던 것

어릴 적 아버지는 자신의 꿈을 실천하기 위해 집을 떠나 일찍 사회생활을 하면서 사람에 대한 중요성을 알게 되었다. 사회생활을 하면서 사람이 중요하다고 생각하니, 그중에서도 가장 소중한 사람이 바로 가족이라고 굳게 믿었다.

그래서인지 아버지는 가난 때문에 하고 싶은 것을 못하는 것이 너무 억울해서 우리 동생들은 나처럼 되지 않아야 된다고 생각해 괴로운 나날을 보내셨다. 아버지는 막냇동생을 보면서 결심했다. '우리 가족의 행복을 찾기 위해 나부터 헌신한다.' 아버지는 중학교 때 섬나라 제주도에서 6년 정도 일을 하며 집으로 돈을 보내 동생들이 학교를 다닐 수 있도록 하였다. 동생들은 그런 형, 오빠가 너무 감사하다고 생각하여 학교생활에 매우 충실하였다. 그래서인지 모두 우수한 성적으로 고등학교까지 졸업을 하였다. 그 중 막내는 대학교까지 진학할 수 있도록 끝까지 지원해

주었다. 아버지의 형제 사랑은 죽을 때까지 변함없이 항상 공평하게 지원하였다.

청년 시절 아버지는 자신이 살고 있는 마을에 불편한 상황을 사전에 연구하여 역사적 문화재 관리, 전기공급시설, 수도시설, 교통시설(버스정류장, 버스이동시간, 도로상태) 등의 리스트를 작성하여 청년회를 구성하여 관공서에 건의했다. '누구도 하지 않은 것을 힘들지만 꼭 해결해야 하는 일이야.' 하면서 마을 개선에 앞장섰다.

삼촌과 대화를 하면서 아버지는 항상 자신보다는 타인에 대해 존중하고 헌신하면 마음이 흐뭇하다고 하였다. 이것이 정말 정상적인 사람이 하는 말인가라는 생각이 들면서 삼촌은 항상 의문을 가졌다고 했다.

아버지는 어릴 때부터 자신보다는 친구, 후배들에게 좋은 것을 먼저 해보라고 말을 하였다. 하지만 두렵고, 힘든 일이 있으면 항상 본인이 먼저 하겠다고 하면서 적극적으로 나섰는데 힘든 일을 한 후 "해보니 괜찮은데."라는 말을 하니 주변에서 이해할 수 없다면서 탄성하였다. 어릴 적부터 남달랐던 아버지의 성품을 친구들은 이해할 수 없었다. 아버지의 형제들은 모두 자신을 먼저 생각하고 욕심을 갖고 생활을 하는 반면, 아버지는 양보하고, 모든 것을 주려고 하는 행동이 주변 사람들에게는 공감할 수 없는 것이 당연할 수도 있다. 그래서인지 아버지는 주변에 좋은 사람들이 많이 있었다.

아버지가 마을 이장 임무를 수행하고 있을 때 한 가정이 경제적으로 매우 힘들고, 아이들이 쌀이 없어서 한 끼도 먹지 못한다는 얘기를 들었다. 그러고는 아버지는 그 집을 찾아갔다. 그 집에는 어린아이 둘과 엄마만 있었다. 정말 눈으로 보고 믿기 힘든 상황이었다. 아버지는 우선 쌀 등 음식을 주면서 식사를 할 수 있도록 도와주었다. 그 후 청년회에 도움을 요청하여 마을 청년들이 집을 방문하여 수리하였다. 그 후 매월 아버지는 경제적으로 도움을 주었다. 아버지가 도움을 주는 것은 아무도 모르고 있었다.

아버지가 돌아가신 후 어느 날 아이 둘하고 아주머니가 집으로 와서 어머니에게 인사를 하였다.

"정말 고맙습니다. 정말 고맙습니다." 여러 번 반복된 인사말만 하면서 눈물을 흘렸다.

어머니는 바라보고 있다가 말을 걸었다. "왜 나에게 고맙다고 인사를 하나요?" 그 아주머니는 몇 해 전부터 아버지에게 도움을 받았다고 하시면서 아버지에게 감사의 표현이 늦었다고 말을 하였다. 어머니는 그 말을 듣고 아주머니를 꼭 껴안으면서 "괜찮아요, 이렇게 알려 주셔서 제가 감사합니다."라고 말하였다.

아버지께는 주변이 힘들면 본인이 먼저 도움을 주고 해결하는 마음이 강해 마을 모두가 아버지를 존경한다고 말했다. 평생 자신보다는 남을 위해 살아가시던 아버지를 보면서 '천사'라는 표현을 할 수밖에 없는 것 같다.

　가난 때문에 자신이 꿈을 지고, 고된 노동을 하면서 자신보다는 동생들의 학업에 집중할 수 있도록 지원해 주시는 행동을 보며 '나도 아버지처럼 할 수 있었을까?' 한 번만 가도 무섭고 두려운 월남전 파병을 두 번이나 다녀오면서 극심한 공포를 이겨내고 건전한 생활을 하는 아버지 모습은 믿기 힘든 사람이라고 생각한다. 지금은 보고 싶어도 볼 수 없는 아버지이지만, 그때 전하지 못한 그 말을 꼭 하고 싶다.

　"전쟁의 공포심 없이 전역 후 마을에서 가장 존경받고 있는 아버지는 진정 나의 아버지가 맞습니까? 아버지의 아들로 살아오면서 아버지의 사랑을 받지 못해 마음 깊은 곳에 원망이 있었습니다.

　그런데 아버지의 과거를 찾아보면서 저 또한 아들에게 그러지는 않는지 생각해보게 되었습니다. 어쩌면 이제는 아버지의 마음을 공감할 수 있을지도요. 현재 저희가 살아가고 있는 사회는 타인보다는 자기중심적 세상으로 살아가고 있습니다.

　현재는 아버지처럼 자신보다는 남을 위해 헌신하고 사랑하는 것이 얼마나 힘든 것일까 하는 생각이 듭니다. 하지만 저도 아버지처럼 사람들에게 영향력 있는 정신력을 갖추어 한 사람 한 사람에게 정성을 다하도록 하겠습니다."

8

존경하는 나의 아버지에게

꿈속에서 '아버지' 하고 불러본 적이 여러 번 있었다. 하지만 항상 아버지는 그냥 웃으며 뒤돌아 사라졌다. 듣고 싶은 말이 너무 많은데 아버지는 미소만 지으시며 사라지는 것이다. 아버지를 회상하면서 아버지에 대한 나의 감정을 찾고 싶었다. 하지만 아버지의 얼굴이 떠올려지지 않는다. 어느 순간부터 꿈에도 찾아오지 않는다. 아버지가 내 삶에서 사라지는가 하는 두려움이 생기기 시작했다. 마음속은 두려워하면서 평범한 삶을 살아가고 있는 나에게 큰 사고가 발생했다.

군 생활을 하면서 훈련 중 추락사고로 병원 생활을 3개월 하게 되었다. 11m 높이에서 헬기 레펠 도중 땅으로 추락하는 사고였는데 나는 군 병원에 후송되어 입원하였다. 꿈인지, 현실인지 알 수 없었던 그날, 아버지는 내 손을 잡아주면서 "아들 일어나, 넌 잘할 수 있어, 아버지는 너 믿는다."라고 하였다.

처음이었다. 꿈속에서 항상 웃으면서 뒷모습만 보여주시던 아버지가 이번에는 내 손을 잡아주시고 할 수 있다는 말을 해주신 것은. 난 아버지의 손을 꼭 잡고 일어나서 아버지에게 안겼다. 그러고는 그렇게 한참을 있었다. 아버지는 내 등을 토닥토닥하면서 '아들은 할 수 있어. 힘내라.' 이렇게 말을 하고 일어난 후 똑같이 웃으면서 뒷모습을 보였다. 난 깨어나고 싶지 않았다. 하지만 아버지의 뒷모습을 본 뒤 깨어났다. 꿈에서 돌아오자 온몸에 통증을 느꼈다.

특히 손목 통증은 너무 아파서 고통을 참을 수가 없었다. 시간이 얼마 지나지 않아 푸른 제복을 입은 간호사가 와서 "일어났네요." 하며 말을 건넸다. 난 여기가 어디냐고 질문을 했다. 여기는 서울에 있는 군 병원이라고 했다. 그때 난 잠시 기절을 했다는 것을 알 수 있었다. 추락사고 이후 기절하였는데 그 시간에 아버지의 꿈을 꾸며 아버지를 만날 수 있어 좋았다.

병원에서 수술 및 재활을 하면서 난 아버지에 대해 하나씩 과거를 회상하며 시간을 보냈다. 아버지는 어릴 적 동생들을 위해 타지 생활을 하며 동생 학교생활을 지원하였으며, 청년 시절 누구보다 좋은 마을을 만들기 위해 '행복한 마을 만들기 프로젝트'를 설계하여 실천하였다. 군 입대 후 파병 생활을 두 번 하면서 국가에 헌신하였다. 전역 후 결혼하여 한 가정의 가장으로서 존경받는 아버지의 인생을 다시 한번 살게 되었다.

그 누구보다 자신을 희생하고 헌신하여 타인에게 행복을 찾아주려고 하는 마음이 얼마나 값진 삶을 살았는지 이제 알게 되었다.

어릴 적 아버지와 어린이날 대공원에 놀러 갔을 때 하신 말씀처럼 '아들 최고다.'라는 말이 생각난다. 아버지 말에 나도 그런 아버지처럼 최고가 되겠다는 다짐을 한다. 아버지는 당신의 삶을 통해 사람에 대한 믿음과 배려는 내게 가르쳐 주셨다. 그것은 최고의 선물이다. 그 선물을 잘 활용하여 아버지 삶이 더욱 빛날 수 있도록 노력하고 싶다.

먼 훗날 내가 잘못된 행동을 한다면 다시 한번 찾아와 주면 좋겠다. 어느 날 아버지가 꿈에서 찾아와서 '아들 넌 할 수 있어, 아버지는 널 믿는다.' 이 말이 아직도 머릿속에서 생생하고 울려 퍼진다. 아버지의 말씀처럼 나는 아버지처럼 할 수 없었지만 군 복무를 하면서 가장 소중히 여기는 '전우'를 위해 봉사하고 헌신하고 있다. 만약 아버지가 멀리서라도 내가 하는 말을 들을 수 있다면 아버지에게 이런 말을 전해 주고 싶다.

"아버지! 아버지가 군 복무기간 전우들에게 보여준 헌신과 사랑을 잊을 수가 없습니다. 특히 전우들에게 희생하는 행동은 저에게 큰 힘이 되고 있습니다. '희생'이란 단어로 군복무 중 리더십을 보여주며 전우들에게 삶에 대한 굳은 의지를 보여주려고 노력하고 있습니다. 존경하는 아버지! 다른 세상에서 저를 지켜봐주세요. 제가 아버지처럼 헌신하는 삶을 살아가도록 하겠습니다. 아버지! 항상 존경하고 사랑합니다."

"그대가 내 아버지라서."

'나는 왜 태어났는가?' 나의 존재 이유에 대해 생각해 본 적이 있다. 사춘기도 아닌 성년이 되어서 마흔 앓이를 제대로 하고 난 이후였다. '나는 누구인가?'라는 근원적인 질문을 하며 '아버지'를 떠올렸다. 태어난 이유를 고민하며 나라는 존재의 근원에 '아버지'가 있었다는 것을 깨달았다.

내가 가진 있는 그대로의 고귀함을 인정하게 되면서 또 하나 알게 된 것이 있다. 역사에 남길만한 큰 업적을 남기거나, 죽을 때까지 다 써도 남을 정도의 부를 축적하는 성공을 이루는 것만이 큰 가치가 있는 삶은 아니라는 것이다. 부모의 축복을 받으며 이 세상에 태어나 나의 역할을 묵묵히 해나가는 것만으로도 삶은 의미가 있다.

아버지가 되어, 자신의 아버지를 이해하게 되고 그들의 아버지상을 그려나가는 다섯 명의 남자의 이야기를 들으며 가슴 아래가 뜨거워졌다. 나의 근본은 아버지였고, 우리가 삶을 영위해 나가는 이유는 '가족'이라는 울타리를 지키기 위함임을 느꼈기 때문이다.

이렇게 다소 철학적인 접근이 아니더라도 아버지라는 존재가 더 크게 느껴지는 이유는 우리가 그들의 헌신과 사랑으로 자란 사람이어서다. 자신의 삶 하나도 건사하기 어려운 이 시대에, 기꺼이 자신의 삶을 헌신하여 아이를 낳고 키운다는 것은 그 자체로 어른이 되어 가는 과정이다. 만약 부모가 되지 않았더라면 이렇게 가슴 깊이 아버지를 이해하지 못했을 테니 말이다. 한 아이의 부모가 된다는 것은 더 많은 것을 받아들이고, 미처 생각하지 못했던 부분까지 헤아려 보는 시간을 갖는 것이다. 그 시간에 '아버지'가 있다.

어릴 적 봐왔던 아버지는 무슨 일이든 다 아는 '척척박사'였다. 어떤 풍파가 와도 강인하게 이겨내셨고, 끝까지 아버지의 자리를 지키셨다. 성인이 되면서 생각이 조금 바뀌었다. 그때 아버지도 세상을 배워나가는 중이었고, 아버지라는 임무를 다 하기 위해 최선을 다했던 한 인간이었음을 인정하게 되었다. 그래서 내 마음을 몰라준다고 생각했던 아버지였는데 오히려 자식인 내가 아버지의 마음을 몰랐다는 것도 알게 되는지 모르겠다. 세상의 어려움을 극복하며 가족을 지켜내는 일이 그리 쉬운 일이 아님을 이제는 깨닫게 되기 때문이니라.

이제는 아버지에게 받은 사랑을 돌려줘야 할 때다. 더 늦기 전에 그들의 노고를 생각해 보고, 따스한 말 한마디라도 건네야 할 터이다. 하지만 표현하는 것이 서툴러 아버지에게 어떻게 감사함을 전해야 할지도 모르겠다. 그럴 때, 이 책을 통해 용기를 얻길 바란다. 무뚝뚝한 대한민국의 전형적인 다섯 명의 남자가 털어놓는 아버지에 대한 수줍은 고백이 독자분들에게 조금은 위로가 될 것이다.

만약 이 책을 통해 우리 아버지의 고단함을 가슴 깊이 공감하고 '나는 어떤 부모가 될 것인가'에 대해 생각할 수 있다면 이 책이 세상에 나온 가치는 충분할 것이다.

이 책을 덮고 아버지를 떠올리며 거칠어진 아버지의 손을 잡아 주기를. 나의 어린 시절을 닮은 아들이 있다면 그 아들에게 전해주기를. 그런 마음이 독자분들에게 가닿기를 바란다.

2024년 2월

기획자 우희경